U0858437

九千公尺 1

汤慧子 小说作品

娱乐文学开山力作
深度揭秘潜在规则

他们之间到底发生了什么？由此翻开

東方出版社

图书在版编目（CIP）数据

九千公尺/杨慧子 著．—北京：东方出版社，2009
ISBN 978-7-5060-3615-3

Ⅰ．九…　Ⅱ．杨…　Ⅲ．长篇小说—中国—当代
Ⅳ．I247.5

中国版本图书馆 CIP 数据核字（2009）第142479号

九千公尺

作　　者：杨慧子
责任编辑：姬　利　黄　娟
出　　版：东方出版社
发　　行：东方出版社　东方音像电子出版社
地　　址：北京市东城区朝阳门内大街166号
邮政编码：100706
印　　刷：北京智力达印刷有限公司
版　　次：2009年8月第1版
印　　次：2009年8月第1次印刷
开　　本：787毫米×1092毫米　1/32
印　　张：10
字　　数：98千字
书　　号：ISBN 978-7-5060-3615-3
定　　价：25.00元
发行电话：（010）65257256　65245857　65276861
团购电话：（010）65230553

英雄的背后，有多少爱恨情仇难以启齿？

零壹

“从新加坡飞往北京的 SQ 800 航班马上就要起飞了，请您再次确认安全带是否已经系好，谢谢！”头等舱并没有坐满，空姐的声音听起来浮在半空中有点缥缈。也是，没有那么多人像我一样喜欢选择乘坐夜间航班。

我叫方晴，年轻时应该能算红极一时吧。不过，现在，我已经 44 岁了，这个年纪让我有点儿尴尬，因为在演员阵容中，它已经是要接近暮年了。这次回国我并不是为了工作，只是想回老家看看年迈的父母。那闪耀着万千星光的银幕对我来说其实已经很遥远了。

我习惯性地戴着 Hermes 的墨镜，机舱并没有很明亮，我只是有点担心被别人看到我素颜的样子，或者我根本不敢想象把眼镜摘下来后四周却还是一如既往的安静的画面。 不行，那样太糟糕了，我一定受不了，我想。

飞机开始在跑道上加速，滑行的速度越来越快，似乎只在一瞬间就腾空而起了，我搭在座位上的两只手也下意识地开始紧握住扶手。 不知道为什么，就算是要经常经历一天内坐三次飞机的频繁飞行，失重的感觉还是让我有种莫名的紧张，我害怕就那么一瞬间上升到九千公尺的高空，在找不到边际、辨不清方向的云海中翻腾，总有一种忐忑不安的情绪冲击着我。

飞机开始平稳地飞行起来，我的两只手也渐渐松开了扶手。我抬手关掉头顶上的灯，自己的周围变得安静下来，飞机的窗外是伸手不见五指的让人有些恐惧的黑暗。

我把头偏向窗子一边靠在椅背上，闭上眼睛准备小憩一会儿。 虽然我不确定今晚在飞机上能不能睡得着，然而剧烈的头痛还是让我想努力进入昏睡的状态。 在此前，我已经度过了三个不眠的夜晚。

一个星期前，我正式成为了新加坡公民，这一消息居然让国

内媒体一片哗然。我心里暗自冷笑，我很久都没有什么新闻引起媒体的关注了，可这次我只想静静地完成这件事。我知道，这样的决定一旦做了，我便和过去道了声最后的再见。我将彻底别离曾经深爱过的赵英雄，可能也将告别曾经令我如痴如醉的电影舞台。但是，我似乎别无选择。

飞机开始平稳起来，匀速的振动和摄氏二十二度的温暖，让我觉得有一点困意。我重新蜷缩了一下身子，将头紧靠在了椅背上，眼皮渐渐开始变得有些沉重。我深吸了一口气，准备让自己睡一会儿。

“等一下到了北京，我们要先去哪里啊？”

“你要在飞机上好好睡觉养足精神，下了飞机我就陪你去爬长城，你不是一直想去那儿嘛！”

“可是你感冒了呀，我怕长城上风大。”

“没关系！我这一身肌肉那可不是白长的呀，哪能被一阵小风就吓倒？”

前排的女孩幸福地将头靠在男孩的肩上，咯咯地笑个不停。虽然听得出两人都极力压低了声音，但还是把我弄醒了，刚才的一点点困意被这两个小孩子的甜蜜一扫而空。我将身子朝前侧方探了一下，看清楚了这个正在笑的女孩儿。女孩儿大概二十多岁的样子，扎着一束马尾，穿着清爽的运动衣，一双俏皮的大眼睛甚是可爱，男孩子看不到相貌，但从坐姿来看，应该很高大，我想他应该很帅气吧，至少非常阳光。

二十岁的青春应该是这样美好的，每一个细胞都饱饱的，每一寸肌肤都像是要飞扬起来，他们不在乎别人的眼光，完全沉浸在自己对于未来的美好憧憬之中，那时候的我也曾经是这样的青春洋溢和狂放不羁。

不能这么自私，不光是我，鲁杰分明也有着那样闪亮的青春的，他的青春永远和我连在一起。只是，只是我不敢去回想，不想打扰他在另一个世界幸福的生活。

我的眼睛定定地看着那个女孩，思绪却早已飘走，我知道我看着女孩的眼神中一定是充满了羡慕。

零贰

1985 年 8 月 30 日下午三点十分，火车缓缓开进了北京站。我压抑不住内心的激动，站起身来趴在窗子上急切地在站台的人群中寻找着鲁杰的身影，他一定早早就在站台上等我了。

在我坐的九号车厢即将停靠的地方，我看到了那个熟悉的身影，一件雪白的衬衫端端正正地套在身上，一头的短碎发看起来相当帅气。鲁杰一米八的个子在人群中并不容易被淹没，他那双清冷又桀骜不驯的眼睛正急切地掠过每一节车厢。

“鲁杰，鲁杰！”我拍着车窗使劲地叫着，整节车厢都回荡着我高亢兴奋的声音，车厢顿时安静了下来，旅客们好奇的目光落到了我身上。我忽然意识到自己的失态，扭脸儿看看四周，很不好意思地坐回到了自己的位置上，但手还贴在车窗的玻璃上舍不得拿下来，好像要让鲁杰看见似的。

我不知道隔着玻璃，鲁杰能不能听到我的喊声，但是他就是那时候急急地朝着我的车窗望了过来，迅速地发现了车窗旁边我那张兴奋的脸，欣喜地朝我挥舞着双手。我也咧开嘴冲他笑着。

火车刚刚停稳，鲁杰就已经跑到了车厢门口，急着要往车上挤，“方晴你别动，我去给你拿行李。”鲁杰冲我喊着。

“挤什么挤，没看见这么多人都要下车吗？在下面等着！”列车员用胳膊挡在了鲁杰面前，鲁杰尴尬地吐了下舌头。

我拎着两个大箱子从车上走了下来，鲁杰一把抢过箱子，还不忘在我额头上亲了一口，我感觉到脸有点烫，赶紧四下打量了一下，似乎没人注意我们，这才和他说：“你几点来的？”

“我已经等了半个多小时了，真恨不得回去接你，然后再和你一起坐火车过来。在火车上没累着吧？”这么长时间没见，鲁杰还是像以前一样，做什么事情都要先问我的感受，生怕我受一丁点儿的委屈。

“没有，看把你担心的。”鲁杰对我的疼爱总是让人觉得很温暖，我的脸上肯定已经笑开了花儿，连我自己都感觉到了。

鲁杰在车站附近找了一辆车子，打开车门赶紧把我塞进了车厢里，“快进去凉快下，外面太热了。”鲁杰一个人把行李搁到后备箱放好，这才跳到车上。车子一直开到了中央戏剧学院门口，今天是我到学校报到的日子。

“你看我穿成这样行吗？我特意搭配的。”在进学校之前，我站在鲁杰面前问他。为了今天来报到，我特意穿了一套当时流行的蓝色运动服。

鲁杰这才从一路搬行李、找车子的辛苦中缓过神儿来，从头到脚地仔细看了看我，“你穿什么都好看。”

我假装嗔怒道：“就会哄我开心。”

不过，我从来都不会怀疑鲁杰对我说的话，从小到大他都没对我撒过谎，哪怕是一次，所以我自信满满地走进了学校。

表演系的牌子很好找，师兄师姐们都在一棵大树底下坐着。我很快办好了注册手续，拿着新发的宿舍钥匙，叫上鲁杰一起向宿舍走去。

奔波了一路，鲁杰的脸上已经挂满了汗水，白色的衬衣也隐隐有点儿汗湿的痕迹，贴在了他略显健壮的背上，但是鲁杰好像一点都不觉得辛苦，一个劲儿地高兴着，边走边盯着我看，还自顾自的笑出了声。

“你傻笑什么呀，今天是我来学校报到呢，怎么你比我还高兴啊？”我奇怪地看着鲁杰。

“我真的很高兴。 离开你在北京的这几年，我没有一天不想你的，只要一闲下来脑子里就都是你的样子。 有时候，想着你高兴和生气时的可爱表情，心都会隐隐作痛。 我每天都盼着你能来北京。 现在，我终于等到这一天了，能不高兴吗？从今以后，我要加倍的对你好，把这几年不在你身边的日子都补回来。 只要你不说，无论发生什么事情我都永远不会放开你的手。”鲁杰说着说着突然变得伤感起来，好像这几年的思念全都涌上了心头。 我认真地看着鲁杰的脸，虽然依旧是舞蹈演员特有的英俊帅气，但却明显瘦了一圈。

而我又何尝不是日夜思念着他呢。 我们以前在一起度过的那些快乐的时光，就像烙在了我的生命里一样，鲁杰不在身边的日子，那些时光还总是跑到梦里和我相伴。

“谁说我以后就一定要牵着你的手啊，我才不要呢！”我故意气鲁杰，他生气的样子特别可爱。

“你敢不听我的话，看我不打你。”鲁杰拎着两个箱子就要朝我追过来，而我早已经笑着跑了很远了。

“你来呀，来呀！”鲁杰把两只大箱子放在地上，喘着粗气，可脸上却坏坏地笑着。 他这么笑的时候准没好事儿，我正想着呢，鲁杰就已经空着手跑到了我面前，用他粗壮的胳膊圷抱住了我，幸福的让我感觉到有点喘不过气来。

“这一切都是真的吗？”我看着他温柔到似乎要滴下水来的眼睛。

“嗯。”鲁杰坚定的回答着。

零叁

那时候的我和鲁杰也像眼前这两个孩子一样，快乐地无忧无虑。

“小姐，请问您要喝点什么饮料？”空姐甜美的声音在我耳边想起，我这才发现自己已经看那个小女孩好久了。还好自己戴着墨镜，我环顾了一下四周，大部分人都已经在微弱的灯光下安静地看着杂志，或者开始休息，没有人注意到我。我松了一口气，微微朝前倾着的身子向后靠了一下，脸上的神态迅速恢复到已经习惯的异常平静的状态。我已经很熟练地可以随时摆出这样的表情了，即使内心五味杂陈、备受煎熬的时候，我的脸依旧可以淡定的不起一丝波澜。

“咖啡吧！”多年来熬夜的习惯和巨大的压力，让我对咖啡很是依赖。我低头看了一下手表，指针才指向凌晨 1 点 15 分，飞机刚刚起飞了二十分钟。

“好的，请稍等！”

空姐递来的咖啡有点烫，我端着放在手心里，看着窗外的一片黑暗出神。

如果不是赵英雄到学校挑演员，我想我和鲁杰一定会像童话中的公主和王子，过着幸福的生活。那时候我们的感情甜蜜的没有一丝杂质，我以为那就是爱情，是我一生中唯一的爱情。

零肆

我到学校报到的当天，鲁杰在我的宿舍又是铺床又是收拾桌子柜子地弄了大半天，直到傍晚的时候才拖着疲惫的身体回到了自己在歌舞团的宿舍。第二天是星期天，太阳刚升起没多久，鲁杰就带着马海洋和顾晓军来学校找我了。

马海洋和鲁杰打小就住在一个院子里，他的父母都是知识分子，是典型的好人。但是在文革中，他的父母却因为自己的身份遭了不少罪，马海洋也跟着吃了不少苦。马海洋的性格有点内向，可能就是和那段经历有关。他不太爱说话，也很少信任他人，但是唯独对鲁杰很亲近，可能是从小光屁股长大的感情让马海洋觉得可以依赖吧。

我小时候很喜欢唱歌跳舞，经常把院子门口的一块空地当成舞台，组织我们院子里的小朋友们在那里讲故事、唱儿歌、跳只有我们自己才能看得懂的舞。院子门口的地方不大，但附近的院落有两个，所以隔壁院子里的孩子，也就是鲁杰他们院子里的，总是来和我抢地盘，每隔几天两个院子里的孩子就会吵一次。

“不是和你们说了这是我们打仗用的地方嘛，你们要跳到那边去跳。”

那天鲁杰院里的大伟又怒气冲冲地冲我吼了起来，我看了一眼他手指的那边，不过就是两个院墙隔出来的一条窄窄的通道，当然不能让我们来唱歌跳舞。别看我当时只有六岁，个子也不比眼前的大伟高，可我还是挺了胸脯，大声地冲他们说：“这是我们院子的前面，我们就要在这里跳，你们要打仗就去那边打。”我也顺手指了指那个通道，要让我做自己不喜欢的事情我偏不，从小我的性格就是这么倔。

显然大伟被我的不顺从给激怒了，他集合了院子里的小朋友们就要冲上来和我们厮打。这个时候，鲁杰带着马海洋冲了过来，只几下子，就把大伟带着的四五个孩子给击退了。

这样每一次战斗之后，我们就又能在这块地方安生地跳上几天，而鲁杰和马海洋就成了我们最好的观众。

其实，马海洋可不爱看我们那些个不知所谓的唱啊，跳啊的，他只是习惯跟着鲁杰。为了给我们争地盘，马海洋已经跟着鲁杰叛变了自己院子里的小朋友，这可让他有点不高兴，但是他从来不说。因为不管鲁杰站在哪一边，马海洋都会像哥们一样跟着，虽然那个时候他应该还不懂什么叫义气。

也是从那个时候开始，我和马海洋也因为鲁杰成了好朋友。马海洋上完初中后就没读什么书，一直在北京混着，我也好久都没见他了。

倒是顾晓军，那个从小就扬言“谁要敢欺负鲁杰，我一定出手”的小子，却一直很努力地读书，我在读中学的时候，经常能看到他一个人在教室里学习的场景。两年前，晓军考上了北方交大。

顾晓军和鲁杰的友谊，不比马海洋差。

鲁杰三年级的时候，顾晓军转到了他们班里。顾晓军当时的个子很小，瘦的皮包骨头，看着就是一副营养不良的样子。

他的爸爸靠蹬三轮车赚不了多少钱，顾晓军就经常是饥一顿饱一顿的。班上的同学大都不爱搭理他，除了鲁杰。隔三差五的，鲁杰就从家里拿了吃的来学校，分给顾晓军，这样的“接济”一直到小学毕业。

鲁杰对顾晓军的好，应该是让顾晓军很感动，他那时候和我们在一起玩，总是说以后如果鲁杰有什么事情，他一定第一个出来帮他。这时候，鲁杰总是在太阳下眯起了眼睛瞧着他：“就你那小身板，还是先把肚皮喂饱了再来帮我吧，不然我又得多花力气给你养伤。”然后就和马海洋大笑，那个时候鲁杰还不知道，顾晓军虽然瘦，但却是从小练摔跤的，打架的功夫那可是一流的。

和马海洋、顾晓军都是好久没见了，在学校的碰面让我很高兴。

“方晴，你可来了，你不知道这些年我们鲁杰是怎么过来的。看着那些投怀送抱的姑娘们，我们鲁杰那可是坐怀不乱啊，心里只有你一个人。要不，就凭这么帅气的长相，错误早就犯了好几回了。”马海洋和以前比起来倒是爱说话了，不过说话的腔调还是和以前一样，对什么都是一副不屑的口气。

“别瞎说，哪有什么投怀送抱的姑娘，是你自己想要吧！你这小子别在方晴面前说我坏话。”鲁杰冲着马海洋的脑袋就来了一下。

“哎呦，给你说好话呢这是，你也听不出来，还嫌我碍事，以后可别没事儿就来找我解闷儿，我还要忙着找对象呢，都让你给耽误了。”马海洋愤愤地扭过头去看着晓军。

顾晓军也不吱声，只是一个劲儿地看着马海洋乐。

我在旁边憋了半天了，这下看着马海洋也乐了出来。

鲁杰说：“行了行了，就你嘴贫，大家别傻站着了，开始我们今天的计划吧！”

“什么计划啊？”我问。

“我要带这你吃遍京城，从早餐吃到晚餐，得把你养胖点儿才行，看你瘦的！”鲁杰心疼地看着我。

在鲁杰的带领下，大家奔着中戏校门走去。

来北京后的第一个早晨就是这样和鲁杰度过的，他带着我吃了以前在我们的家乡逢台见都没见过的小吃。

那以后的很多个早晨，我和鲁杰也都这么在北京的大小胡同里蹿来蹿去，许多地方都留下了我们两个人快乐的身影。

中午我们去了离中戏不远的一家川菜馆，鲁杰特别高兴，和马海洋、顾晓军还喝了些啤酒来庆祝我的到来。那家馆子后来成了我们聚会的主要场所。下午，鲁杰又招呼着大家去看电影。

“你以后要是当了演员，我就只看你演的电影。每次我都在电影院门口举一块儿大牌子，贴上你的海报，然后一边举着一边儿给来看你电影的观众鞠躬：‘谢谢您来给我老婆捧场。’你们觉得这提议怎么样？”鲁杰还没等我们回答，自己想着就乐的上气不接下气了，像是现在就要去看我演的戏一样，像是我现在就成了他的老婆。

整整一天，鲁杰都把我的手拽的死死的，好像怕我一下子就会从他身边消失一样。

开学正式上课之后，我就没办法和鲁杰天天见面了。但是每周三和周末他都要坐一个多小时的公共汽车到学校来和我见面，然后晚上再赶最后一班车摇晃着回去。鲁杰每次来的时候，都会给我带足了一个星期吃的零食，只要看着我有一点点瘦了就会在宿舍炖了汤，端一个多小时拿到宿舍热了给我喝。

和鲁杰一起在学校度过的日子，总是充满阳光，以至于我以后每每回忆起来，连画面的颜色都是金黄色的。那时候，我坚信着我和鲁杰的爱情，那是我从小到大体会到的唯一一份爱情，纯净的没有任何一点杂质。我从来不敢想象如果有一天这样的爱情从我身边消失我要怎么办，因为我们早就已经计划好了未来的生活，有他也有我的生活。这样的计划，一直延续到有一天赵英雄的出现，然后就像一个泡沫一样“啪”地一声在阳光下破裂了。

零伍

在中戏上学，经常会见到不同的导演来学校挑演员，很多同学都挤破了头去找导演试镜，倒是我一直优哉游哉地过着单纯的校园生活。 不是我不想演戏，只是我特别不喜欢绞尽脑汁去争，我认为是我的总会属于我。

“方晴，赵英雄到咱们学校来挑演员了，他们问你什么时候回来，要给你试镜呢！” 1987 年 4 月的一天，我正在南方拍一个小短片作为作业，大二导演系的同学王美珍打了个长途电话到小短片的摄制组找到了我，口气中有掩饰不住的激动。

王美珍是当时名导李华的女儿，在中戏读导演系，和我是同一届的同学。因为一届的同学并不太多，所以虽然不在同一个系，但是大家的关系还是很相熟。

“赵英雄要做导演了？”我问王美珍。

“是啊！头一次出山，阵势好像很大啊。”王美珍说。

据我所知，赵英雄那时候在电影界已经不是一个一般的人物了。他1982年从北京电影学院毕业之后在南方的海州电影制片厂做起了摄影。1983年年底，就凭借着影片《说服》中的摄影获了中国电影优秀摄影奖，而一般的毕业生那个时候还只是个助理摄影师。后来，赵英雄在北电导演系的同学卓非凡执导的电影《高原》中也因为出色的摄影，夺得了当年的金鸡奖最佳摄影奖，那个电影我还看过，印象特别深刻。赵英雄铺张的视觉给当时的人们带来了不小的冲击。所以这次赵英雄来挑演员，应该在学校引起了不小的骚动，我从王美珍的口气中听了出来。

三天后，我拍完短片回到了学校。王美珍赶紧把这个消息告诉了赵英雄剧组的副导演林志成。

“赵英雄是为筹拍的电影《酒坊》选女主角呢。他原本把选

角任务交给了副导演林志成，但是林导在几个城市的艺术院校转下来都没有特别满意的。 那天我碰巧在校园里见到了他带着一帮工作人员在转，心想估计是来选角的。 等我上前一问，还真让我给猜着了，他们是要给《酒坊》选女主角，就是根据陶书仁的《酒坊兴衰》那本小说改编的电影。”王美珍兴冲冲地拉着我一口气说了一大通话。

“那本小说你前不久不还在读吗，说是很好看！”我和王美珍说。

“谁说不是呢，所以我一想书中的那个女主角，非你莫属了，就给林导推荐你了！”王美珍很激动。

王美珍催着我赶快去见林导，“今天赵英雄导演也特地来和你见面，看看合不合适。”

我连衣服都没换，穿了件宽大的绒衣跟着王美珍就去见赵英雄了。 赵英雄的到来的确给中戏带来了不小的骚动，因为我到门口的时候，好多同学都挤在那儿要看个究竟。

“你就是方晴？”我进去的时候，赵英雄和剧组的工作人员正在屋里等我。 看着王美珍带我来，赵英雄冲我问道。

4 月份的北京还春寒料峭，赵英雄留着小平头，穿了一件海魂衫，套了个卡其布的夹克，西北汉子的硬朗像是要在寒风中急不可耐地从那并不壮硕的身体中挤出来。

“对，我就是。”这个赵英雄和我想象中的好像不太一样。我觉着能够拍出那么好看的画面的人，一定也长了一副俊美的脸庞，但是眼前的赵英雄样貌却并不出众。

“你看过小说《酒坊兴衰》吗？”赵英雄问我，表情并不严肃，但听得出说话很有分量。

“没看过，不过听说好像是一个讲抗日的故事！”在导演面前，我并没有刻意表现自己，知道多少说多少。

“那你看着这个本子，把这段的台词读一下！”我接过赵英雄递给我的剧本。

我照着本子读了一遍，因为对整个故事并不了解，读完后我觉得自己的感情并没能放进去。

“赵导，好像感觉太学生气了，一副不谙世事的样子，是不是和咱们《酒坊》里的巧儿还有一定差距啊！ 毕竟那个是略带点儿苍凉但却鲜艳夺目的带刺儿玫瑰！”林志成低头和赵英雄说，声音虽然不大，但屋里的人都听到了。

我扭头看了一眼站在身边的王美珍，在她耳朵边耳语了一句：“估计是没戏，那台词我压根没读出一点儿感情来。”我心想着，剧组要是觉得不适合就算了，只等赵英雄发话我就出去了。

但等我转回头来的时候，赵英雄的视线还牢牢地停留在我的脸上。他一动不动地看着我，没说话，旁边的工作人员也都安静地等着他。大概过了四五分钟的样子，我被他看得都有点儿不好意思了，赵英雄突然站起身来，对工作人员说：“就她了！”短短三个字，透着一种少有的霸气和张力。

赵英雄的决定让剧组的工作人员和我都觉得有点儿惊讶。直到看着赵英雄他们从屋子里走出去很远了，我才缓过神儿来，心里头开始为被选上的事情高兴起来。

零陆

赵英雄走后，我没回宿舍，直接坐上了去鲁杰宿舍的公交车。 想着待会儿告诉鲁杰时他兴奋的表情，我自己忍不住在公交车上偷偷笑了起来，引得四周的人奇怪地看着我。

车刚到站，我就侧身挤下了车子，努力克制着自己的兴奋，三步并作两步地从车站跑到了鲁杰宿舍。 撞开鲁杰宿舍的门的时候，他正坐在床上看书。

“鲁杰！”我气喘吁吁地叫他。

“你怎么来了？”鲁杰一脸的惊讶。 平时要是没有特别紧急

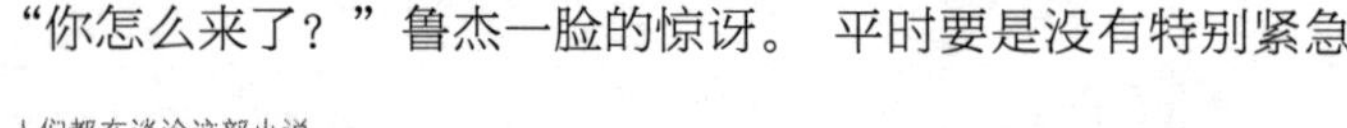

的事情，都是鲁杰坐车去看我，他可舍不得让我自己一个人来回奔波。

“我要上赵英雄的戏了！”我的声音一定因为兴奋而极度夸张。

“真的吗？ 我家方晴终于要当大明星了？ 我终于可以去电影院专门看你的电影了！”鲁杰抱起我来转了一大圈，兴奋地在我脸上亲了好多下，就像他自己要变成大明星一样高兴。

“假如有一天我真红了，你害怕吗？”我让鲁杰把我放下，问他。

“我高兴还来不及呢。 到时候，我呀就在你后面给您推个自行车，车上放着您专用的喝水杯子，擦汗手帕，我还得弄根线在身上，怎么也得给您绑个电话在我身上呀，到时候您事情肯定很多，电话一响，我就接，‘您好，您找方晴是吗？请稍等一下。’‘方晴大人，有电话找您，说您在拍戏吗？’‘对不起，方晴小姐在拍戏，请稍后打来。’然后，我得时不时给您递上手帕擦汗，再递上水杯喝水，一定把您服侍周到了。”鲁杰一个人猫着腰边比划边说。

我在一旁都笑得合不拢嘴了，“我只是去拍个戏，又不是回到了旧社会，你把我当地主家的媳妇伺候啊！”

“那档次得到那份儿上啊，只能在那之上不能在那之下！”鲁杰越说越认真，我趴在床上眼泪都笑出来了。

这么多年来，鲁杰一直都是这样，什么时候都能想方设法让我高兴。一晃，我们都已经认识十几年了，时间过得可真快。

十五年前，那时我只有五岁。因为爸爸工作调动的关系，我和妈妈还有两个哥哥两个姐姐一起搬到了逢台这个北方小城。爸爸被调到逢台财经学院当了一名教授，而妈妈也在当地的中学当上了语文老师，工作很忙，哥哥姐姐们也都忙着上学。所以早晨爸爸妈妈走后，家里都只剩我一个人自己玩儿，然后等着妈妈回来给我做午饭。也就是在那个时候，我认识了鲁杰。

“不许动，那一片都是我的地盘，不准动我的泥巴。”我的手里正拿着门口地上的泥巴忘情地捏着一个自己都不知道的东西，印象中我应该想捏一个长大了的很美的少女什么的，突然一个小男孩过来一巴掌就把我手里的泥巴打到了地上。

面对这个突如其来的侵略者，我被吓了一跳，哇的一声就大哭了起来，可边哭嘴巴上却也没放过他，“谁说那个是你的，你叫它，看它会不会答应。”

看着眼前这个不认识的黄毛丫头这么气焰嚣张，小男孩一把过来抓住我的辫子就要和我动手。

“你给我放手！”就在这个时候，一个个子高高的小男孩挺身而出，揪住了那个男孩子的胳膊，让他松了手，把我藏在了他身后。

小男孩一看自己一个人不占优势，转身走了。

这个高高的小孩就是鲁杰，这也是我第一次和他认识。 从那之后，我和鲁杰成了好朋友，鲁杰家的院子就在我们院子隔壁。 小时候对于鲁杰家的印象，我几乎都集中在了他爸爸身上。 鲁杰的爸爸是逢台一个大厂的厂长。 我经常能看到他板着个脸进进出出和别人讲话，一脸的严肃，不过，只要鲁杰和他说话，他吊起来的眉毛就会自动弯下来，脸上也会出现笑的时候才会特有的法令纹。 他和鲁杰说话的时候，总是喜欢拍着鲁杰胖乎乎的屁股。

自打和鲁杰成了好朋友之后，他就成了我的跟屁虫，别看他比我大两岁，但是什么事情都听我的。等我长到六岁的时候，我们就一起上学、一起放学、一起到河里抓鱼、一起在冬天堆雪人、一起唱歌跳舞。记忆当中好像我们两个待在一起的时间比我和爸妈在一块儿的时间都长。

“鲁杰，那我先回学校了，就不陪你吃饭了。我得赶紧收拾收拾东西，这一进组就得三四个月。”我和鲁杰说。

“嗯，你快回去吧，待会天就黑了。我晚上约顾晓军和马海洋他们提前庆祝一下，明天再去学校看你！”鲁杰还是很兴奋。

第二天，鲁杰如约来学校找我，但是却有点儿闷闷不乐的样子。

“怎么了，今天情绪这么低落，是不是我要去拍戏你舍不得呀？”我抓着鲁杰的手问。

“你说马海洋和顾晓军他们两个人到底安的是什么心？”鲁杰也不说清楚，没头没脑地来了一句。

“海洋和晓军？他们怎么了？”我不明白鲁杰的意思。

“唉，昨天我本来是把他们叫来给你庆祝的，可是他们俩倒好，泼了我一脑门冷水。”鲁杰说。

“到底怎么了？”我急着问鲁杰。

“马海洋和顾晓军听了你要去拍戏的消息后，一脸的不高兴，还说让你去拍三四个月，不定要发生什么事情。”鲁杰说。

“能发生什么事情啊？”我还是有点儿不明白鲁杰的意思。

“哎呀，不就是那什么嘛，那个，你们学校也有，不是演员经常就和导演……”鲁杰支支吾吾地说不出来。

“我是那样的人吗？”虽然鲁杰没说完，我还是听明白了他的意思，我急急地插话道。

“你听我说完嘛，他们两个真不知道是不是嫉妒，我也和他们那么说。后来我就把他们两个臭骂了一顿，搞得不欢而散，早知道不要叫他们过去了。”鲁杰越说越生气。

“算了算了，他们也是为你着想，害怕你受委屈。不过，我们不是都已经设想好我当明星以后的生活了吗？我要是不去拍戏，不当明星，那咱们设想好的生活还怎么过呀。”听了我的话，鲁杰的脸上终于露出了笑容。

后来那几天鲁杰每天都来学校找我一趟，因为马上就要分开好几个月，他总是坐最早一班车来，然后腻到每天最后一班车才肯回去。

没过几天，我接到了长安电影制片厂的通知，让我收拾东西准备到织县进组。 我临走的时给鲁杰留了封信，把剧组的具体地址告诉他，并让他安心等待我拍戏成功归来。

零柒

4 月 11 日一大早，我拎着行李在学校门口等着和剧组会合。也不知道能不能很快就融到剧组里，不知道这些前辈好不好相处，我一边等着车子，一边胡思乱想。

大概过了十几分钟，远远的就看见两辆大巴车朝我开了过来，车上还贴着几个红色的小气球，看起来相当喜庆。 车在我旁边吱地一声停了下来，车门打开，满满一车的人正在车上聊天，剧组的主创应该都在了吧我想。 大巴车比较高，我一手拎着行李，一手抓着门框，准备用力爬上去。 正在我使劲的时候，赵英雄从汽车后排的座位上站了起来，一个大步迈到车门口然后递给我一只大手。 我抬头看了他一眼，他已经不像试镜那天那么严肃了，脸上还有些笑容。

车子重新启动，一路颠簸赶赴织县。

“我给大家介绍一下啊，这是方晴，我在中戏挑的演员，也是咱们这部戏的女主角，她演戏的经验少，以后还得靠大家多帮忙了。”赵英雄给大家介绍着。

“方晴，这是张斌，著名演员，你听说过吧。 以后他就是你丈夫了，不过是戏里的啊！”赵英雄说完，车厢里传来一片笑声。

“您好，以后请您多指教了。”我开始和大家一一握着手，没想到我和剧组成员的第一次交流就是在赵英雄这样看似平淡却极力袒护我的状态下展开的，我原本忐忑不安的心平静了很多。

和大家打过招呼之后，我坐在赵英雄旁边的空位上，没再说话。 大家你一句我一句的聊着电影。

“电影是一次性的艺术，没有后悔，《酒坊》我要撒开了整，你得撒开了演。”我正听大家聊天呢，赵英雄突然转过脸来和我说了一句。 我抬头看了一眼赵英雄，满腹的才华和

生活阅历都印刻在他那张硬朗的脸上。

我重重地点了一下头，这是他第一次和我说的关于电影的话，我牢牢地记在了心里。

去织县的路上我们还唱了几首歌，以庆祝大家进组。

织县是陶书仁的家乡，一个北方的村子。已经到了春末，村子里大片大片地翻滚着金黄色的麦浪，很是诱人。一大群麻雀停下来，啄了一阵子地上被风吹落的麦粒，听到我们车子的动静后又哗地一下全飞了起来。村里的人像看热闹一样，站在家门口看着剧组的两辆车开进来，车后面一片黄土飞扬。

到了织县，其实离正式开机还有十多天的时间。

“大家都到这边来坐，说说看，有什么想法儿。”在开机前，赵英雄把大家集中到村子里的麦场攒戏。大伙儿盘腿坐在黄土场子上，一坐就是大半天，你一言我一语地讨论着。

“剧本不到最后你们在演的时候，一定不是最终的定稿，所以你们尽管说。”赵英雄埋头用笔在自己的剧本上不停地标注着演员们对于自己人物的理解，这是他后来拍戏时一直保留着的一个习惯。 他总是能在和蔼可亲的态度中吸取大家的意见然后迸发出一个个大智慧。

而我除了和大家一起看剧本外，还要先体验生活。 我打小儿就没在农村待过，什么喂鸡、放鸭、挑水、劈柴，我没一样会的。

“演技咱先不说，可扮相和生活里的姿态得先和角色靠得上吧。”赵英雄和我说，“先从挑水学起吧。”

我答应着，穿着一件花哨的蝙蝠衫就去水井旁边借了两个木桶来挑。 木桶里没水，我挑着两个空桶在场上走来走去，不伦不类的装扮和搞笑的动作，连我自己看着都觉得好笑，来回走了四圈以后，我实在是忍不住了，边挑边笑起来，实在是没办法进入角色。

“方晴，你那是在干嘛，你看你有一点农村媳妇的样子没有！”林志成看着我很着急，大声嚷嚷起来。 来挑水的村子里的人也都停了下来，看着我露出了憨厚的笑容。

我撅着嘴有点儿赌气，“我不是正在练嘛。”我嘟囔着。

林志成本来对赵英雄挑我来演戏就不大信任，现在再看看我

这样子估计是有点失望了。

赵英雄听到了林志成的喊声，抬头看了我一眼，不过并没有和林志成一样生气，反而扑哧一下乐了出来，“方晴你别一个人在那儿摸索了，以后每天都跟着村里那个王顺家的媳妇，她每天都从这里挑水回家！”赵英雄说着还接着乐。

“跟着就跟着！”我吐了下舌头，自己重复了一遍。来剧组之后，赵英雄对我还从来没有过批评的语言，语气很平和，但是每次说完我都会特别往心里去。

当天我就找到了王顺家的媳妇，30 岁出头的样子，正拿着把扫帚打扫院子。她是家里干活的好手，归置屋子、喂猪喂鸡都由她一个人张罗。我进门跟王顺家的媳妇打了声招呼，就看着她在那忙活，她走到哪我就跟到哪，这倒让她不好意思起来，硬是要塞条板凳让我坐。

“导演就是让我多跟你了解一下生活，你做你的，别管我。”我把板凳又放了回去。

“庄稼人的日子有啥好了解的！”王顺的媳妇一脸憨厚的笑着，手里的活儿也没停下来。

跟了王顺的媳妇四五天，我果然学到了很多村里人特有的生活状态，挑起水来看着也没那么别扭了。

“林导，你看我挑着还行吧？”这天我挑着个水桶远远地问着林志成，觉得自己好不容易有点儿长进了，得让林导看见。

林志成懒得理我这个小丫头，倒是在一旁研究剧本的赵英雄抬头看了我一眼，“行，还有点进步。”

不知道为什么，赵英雄的夸奖总是让我感到特别高兴，可能因为他是导演吧，我当时想。

过了十多天，在陶书仁的家里，剧组举行了简单的开机仪式，陶书仁的爱人给大家烙了些饼，就当是开机的宴席。

开机仪式完了以后，大家都回去休息了，养足精神准备第二天正式拍戏。 晚上我躺在床上翻来覆去都睡不着。

从明天起我就要真正做一个演员了，我感觉好像是在做梦一样。 虽然我从小就很喜欢文艺，但是那个时候我的梦想最多也只是在逢台当个舞蹈演员，我从来没想过自己有一天能来到北京，能走进大学的课堂，能当一个电影演员。 我知道这里面凝结着鲁杰太多的心血。

“我也想报考逢台艺术学院，不管是声乐还是舞蹈专业都行，我想在这条路上发展，你觉得行吗？”我背靠着鲁杰坐在离家不远的河边。每次遇到事情的时候，我总是喜欢这样第一个问鲁杰的意见。那时候的鲁杰就已经上了逢台艺术学院，学习民间舞。

“一定行，你从小就喜欢唱歌跳舞，你有这方面的天赋。”鲁杰对我很有信心。

“好！”我点点头。

就这样，我又和父母商量了一下便在中考志愿上填上了“逢台艺术学院”。

考试结束大概二十天的时候，成绩就下来了。看成绩单那天，我早早地来到学校，挤到最前面，先是文化课的分数，我一看超过录取分数线三十多分，我开始高兴起来，专业课应该没问题，我边想边在右边的栏里找着自己的名字。方晴：七十八。我的心一下子跌到了冰窖里，我揉了揉眼睛再仔细看了一遍，还是七十八。我又看了一遍我抄下来的艺术学院的录取分数线，八十。真的差两分！

我落榜了！ 我怎么会落榜呢？

“老师，贴出来的这个成绩会不会出错？”我挤出人群，跑到老师办公室问。

“不会的。”老师说。 我鼻子一酸，眼泪几乎要夺眶而出。

我落榜了！ 我强忍着泪水，一路坐车到了艺术学院。

我跌跌撞撞地冲到了鲁杰的宿舍，没人，我又跑到了练功房，看到鲁杰正在压腿。 他从镜子中看到了我惨白的脸，赶紧把腿从杠上拿下来，一转身跑到了我的面前。 我什么都没说，扑在他怀里放声大哭了起来。

鲁杰摸着我的头，手有些颤抖。 他不知道发生了什么事情，但是他不敢问我，只等着我的哭声渐渐地从号啕痛哭变成了啜泣。

“这是我从小的梦想，我不想就这样放弃了！”我哽咽着，不知道鲁杰有没有听到我究竟在嘴里嘟囔着什么。 我一直反反复复地在我的啜泣声中重复着这句话。

“不会的，不会的，一切都可以重新再来，我会帮你的。”

鲁杰很心疼，他使劲把我往怀里抱了抱，坚定地吐着每一个字，他不管我当时的状态能不能明白，但是他说出来的话一定是经过了思考的，并不只是一时的安慰。 他一向都是这样，只要是对我做出的承诺，就一定会兑现。

“我知道每次我遇到困难的时候，你都不会放弃我，都会陪着我。”不管在什么样的情况下，鲁杰总是先用自己宽大的肩膀为我遮风挡雨。 其实我并不知道他能不能帮到我，但是我的内心却可以在他的话里慢慢地平静下来。

“是的，无论发生什么事情，我永远都不会放弃你。”鲁杰紧紧地抱着我。

鲁杰从学校送我回家之后，我红肿着眼睛和父母开了口：“我落榜了，我要复习一年明年再考。”父亲只是摸着我的头让我不要太伤心，母亲也没说太多的话，他们支持我的想法。 父母知道从小到大只要是我做了的决定，一定非要等到撞了南墙才会开始想要不要回头。

“方晴，你还是去学校看看鲁杰吧。”我下决心准备重考后，每天都窝在家里看书。 这天，我正在复习，顾晓军就来家里找我。

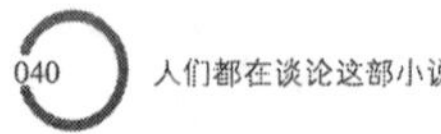

“他怎么了？”我问晓军。

“你还不知道呀？”晓军说，“我不知道该不该和你说，说了鲁杰肯定会骂我。”

“什么事，你赶紧说呀，要急死我呀。”我担心鲁杰出了什么事情在学校。

“鲁杰不是帮你请了艺术学院的老师教你声乐和舞蹈吗？”晓军说。

“对呀，然后呢？”我急着想知道是什么事情。

“他给你请老师的钱其实是他爸每个月给他的生活费。现在他每个月的钱估计连每天吃馒头加咸菜都不够，我刚刚去看他的时候，他正在宿舍啃中午剩下的馒头呢。”晓军说，“他们练功消耗那么大，我怕这样下去他撑不住。”

“他怎么也不告诉我一声！他说他请自己学校的老师辅导不花钱！”我心里愧疚极了。

第二天一大早，我带着前一天晚上炒好的菜和米饭来找鲁杰。

“你怎么不早告诉我呀，每天只能吃馒头，这怎么行呢！”我心疼地看着鲁杰，“钱的事情，我自己想办法，怎么能让你拿生活费垫。”

“昨天就告诉晓军别和你说，这小子一点也不遵守诺言。”鲁杰说道，“我能帮你的现在就这么多了，你要是连这个都不要，我可是真的生气了。”鲁杰执意不肯拿回自己的钱。

“那我隔天就给你来送次饭，你看你都瘦了。”我摸着鲁杰的脸。

“哎呀，我的身体抗得住，你看我多壮啊，没事的，别那么辛苦给我带饭来！”鲁杰安慰着我。

“别说了，赶快吃！”鲁杰狼吞虎咽地吃起来，这么大个男孩子，怎么能不饿。

这以后，我隔一天就抱着饭盒给鲁杰送去，装上至少够一天吃的饭。 我当然没敢告诉我妈妈，我总是在他们下班回来之前把饭做好，偷偷地藏到我房间，有很多次，都险些被发现了。

第二年，我如愿以偿地进入艺术学院，而鲁杰那时候也因为优秀的专业成绩被挑到北京东方歌舞团当了一名专业的舞蹈演员。

在艺术学院的三年，我在学校里最大的消遣就是在台灯下给鲁杰写信，其余的时间都在练功、学习，我知道自己能进入艺术学院学习很不容易，这不光是我一个人的努力，而是我和鲁杰共同的心血，我不能辜负了他。

虽然三年的时间我们都分隔两地，但是鲁杰对我的思念随着一封封的信变得越来越沉重。

我快要毕业的时候，鲁杰几乎每天都要打一个长途电话，鼓励我去北京发展，和他团聚。可那时候北京的歌舞团不招人，其他的话剧院啥的，因为我是个中专生，连报考的机会都没有，我暂时没找到可以落脚的地方。

“你把这三年的成绩单，老师的评语和一些演出的照片、生活照寄给我。”一天，鲁杰打电话和我说。

“拿这个要干嘛？”我有点疑惑。

“你就别管了，别担心。”

过了大约一个半月的时间，我接到了鲁杰的长途电话，“我通过朋友帮忙联系上了中央戏剧学院的招生办，他们说还要招几个旁听生，但也要考试合格，你去试试吧！”

“真的吗？ 太好了！”我想都没想就答应了，但是挂了电话我才想起来自己对表演一点也不懂，要怎么考试啊！

我又急着打电话找鲁杰，“我一点都不懂表演，怎么考试啊？”

鲁杰笑着说，“没关系，他们招生也是考文化课和基本才艺，并不涉及特别专业的表演技巧，你别担心，不过我会先帮你借一些相关的书的。”也就过了十几天，鲁杰从北京回来了一趟，把一大堆的书带给了我。

这次总算比较顺利，在参加了一次初试、两次复试之后，我顺利地成了中央戏剧学院表演系的一名旁听生。 虽然只是旁听生，但那却是改变我一生命运的机会。 是因为有了鲁杰，我才能走上这条道路，我很感激他。

想着鲁杰的时候，心里总是甜蜜的。 我胡思乱想着，眼皮渐渐变得沉起来。

第二天，我早早地套上了对襟棉袄，穿上了红棉裤和圆口布鞋，在片场等着。我在电影中叫巧儿，《酒坊》开拍的第一场戏是电影的后半段，巧儿已经结婚生下了孩子。

“巧儿从桥这头跑到另一头，然后蹲在河边。”我再次看了一眼剧本，我的第一个镜头就是拍这个。

“我上学的时候学的话剧表演都是从头演到尾的，这怎么一开演就直接到了电影的结尾了呢？巧儿又是个生过孩子、经历过很多人生曲折的妈妈，她跑上去的姿势到底是啥样的，跑过去的时候她在想什么呢？”导演还没喊开始，我在桥底下自己琢磨着，心里一点儿底都没有。

“第一场，各部门准备，开始！”赵英雄的声音着实把我吓了一跳，场记已经打了板，我像是从梦里惊醒一般，赶紧回过神来，撒腿就从桥上跑了过去，啥也没想。

我心想糟了，刚刚那样跑跟我早晨迟到了往教室赶的感觉一样。果然，我刚蹲在河边，摄影师大哥洪建军就生气了，冲着导演喊了句，“这是赶着去考试呢，还是去投胎呢。”

剧组的副导演林志成、摄影师洪建军，还有灯光、场记都停下来开始等我，我战战兢兢走回桥这边来，有点不知所措。

赵英雄停了手里的活儿，没言语。一溜小跑着从远处的监视器后面向朝我跑来，“你就想着前面的戏咱都已经拍过了，你一生的命运都抓在别人的手里，这时候的你迫切地想要自己的生活，自己的自由，这种压抑着的而又急切要迸发出来的情绪让你的内心充满了巨大的力量。你应该带着这样的力量从桥上跑过去，可能只有跑过去了，你才能看见你的未来是什么样的。”

“有点感觉了没？”片中我的丈夫张斌也过来和我说戏。

我点点头。

“各部门注意了，再来一条！”赵英雄重新走回到监视器后面，抬头给了我一个微笑，充满了对我的信任。

当我跑到第五回的时候，赵英雄终于喊了个停：“过了！”

我从桥上走回来的时候，瞄了一眼洪建军，他正有点得意地看着我，我不好意思的低下了头。

第一条戏总算过了。

零玖

“今天挺累的吧，赶紧回屋歇着吧。 你可别怪我严肃啊，不对你们这些小丫头厉害点，戏就拍不好！”拍完第一天的戏，不知道是因为累还是兴奋，都晚上十一点多了我还一点睡意也没有。 我正走到屋外来透透气，正好撞见端着洗脸盆出来倒水的洪建军。

我们剧组的人分住在两个大院子里，我和洪建军、赵英雄他们住在一个院子里。

“怎么会呢，我巴不得以后多让大哥指导呢！”今天的戏过了，我的心里也轻松了一些，对着洪建军也没那么害怕了。

“你这小丫头还挺会说话，好好睡一觉，养足了精神明天还有一大堆戏等着你拍呢。”看来洪建军也只是工作上严肃，私底下还挺会关心人，我立马放松了对他的警惕。

“嗯，赵导还没睡觉？”我朝着院子里望了一下，除了我、洪建军和赵英雄屋里的灯还亮着，院子里已经是黑漆漆的一片了。

“他，这时候对他来说还早。你不知道，他以前没当导演那会儿，我跟他一块摄像，他屋子里的灯都是最后一个才灭。不是看剧本就是看书，反正闲不下来。这会儿应该是看剧本呢！你别管那么多了，赶紧回去休息！”洪建军转身进了自己的屋。洪建军和赵英雄一起搭档过好几回了，两人的关系很熟络。

赵英雄屋里亮着昏黄的灯，窗子上映着的他的影子，他弓着背在翻看着什么。那盏灯不知道要过多久才能熄灭，我伸了个懒腰也回屋睡觉了。

接下来几天我一直想着赵英雄给我分析的戏，演起来顺手了不少，洪建军大哥的抱怨也少了，这让我的心情放松了很多，晚上我在屋里边看剧本边还唱起了歌。

墙上的指针到了十一点，我端着脸盆到院子里接水，准备洗洗睡觉。

“哎呦！”

一个黑色的身影突然直直的就朝我撞了上来，还有点烫的水洒到了两个人的身上。“谁呀，走路都不看着点儿。”我心里有点生气，话从嘴里直接溜了出来。

“烫着没有！烫着没有！”对面的人没顾自己，慌忙用手擦着溅到我身上的水，一双大手碰到了我端着脸盆的手上，很凉但是却很柔软，我心里颤了一下：是赵英雄。

“哦，没事，没事，就溅了一点水，没什么。”我对刚才的那句鲁莽的话有点儿不好意思起来。

“走在路上光顾着想电影的事了，黑灯瞎火的也没看见你，没把你给烫着吧。”赵英雄像是突然想到什么，噌一下收回了擦水的手，不好意思地摸摸脑袋，“你回去检查检查，要是哪里疼过来告我，我这有烫伤药膏。”赵英雄很认真地说。

“呵呵，没关系，你也赶快擦一下你身上的水吧。”进组这十多天了，除了说戏拍戏，我还没和赵英雄这么单独接触过。 看着我端着盆离开，赵英雄才朝着自己屋子走回去。

进了屋，我用毛巾擦着刚刚被溅到的手和胳膊，突然想起了刚才那双温柔的大手，眼睛不禁停留在了刚才被他擦过的地方。

“溅了点水哪能烫伤，没想到这个大导演还挺可爱的。”我自言自语道。

壹拾

“啊！”飞机突然打破了平稳的飞行状态，颠簸起来，手中的咖啡洒到了我黑色的风衣上，立即洇开了一片。 我赶紧掏出纸巾擦拭着，心里有点懊恼起来，早知道就应该放到小桌板上的，这样也不会弄脏衣服了。

可是生活中会有那么多“早知道”吗？ 要不怎么都是要在经历过之后才感叹呢！

“飞机现在遇到了强烈的气流，请大家再次确认安全带已经系好。”

在这样的高空中，任何一点颠簸都不是我能够控制的，我紧张起来，手再一次抓紧了座椅扶手。

每次都知道只要离开地面我就把自己的生命交给了那个素未谋面的飞行员，不知道在接下来几个小时的飞行中会遭遇什么样的状况。虽然我对失重的感觉、对飞机在气流中的颠簸都充满了莫名的恐惧，但是我却是一次又一次地从容地走过安检口，自愿踏入舱门。也许，人生有的时候也是这样。你永远都不知道下一秒是什么在等待着你，你近乎虔诚地向着生命中一个又一个深井靠近，即使它和你近在咫尺，但是只要你不俯下身去仔细打量它，你就不会知道哪一眼井蕴藏着甘甜的水，哪一眼井却只是一眼干涸了的枯井。

在鲁杰和赵英雄同时出现在我生活中的时候，我也曾那么迷茫，我慢慢地向两个人靠近，想探个究竟，努力分辨着谁那里才能贮存滋润我心田的井水。只是我并不能一早知道，当我最终作出决定的同时，我也把自己推向了无法回头的悬崖边缘。

壹拾壹

《酒坊》拍摄了十多天的时间，剧组的演员们基本上都已经进入了不错的状态，我发现赵英雄原来整日紧皱的眉头开始慢慢向两边拉伸。

“兄弟们，来啊，洒酒了！”这天的片场几乎成了泼酒节，大家端着一坛子一坛子的酒用尽全力向中间洒着，像是穷人家过年时才能感受到的喜悦在人群中蔓延开来，热情越涨越高。

这是这天下午的最后一场戏，影片中酒坊的弟兄们要用极尽喜庆的洒酒来表达着自己对于过去的告别和对于将来的企

盼，剧组所有的演员们都被这样的剧情调动着高涨的气氛，我也端着酒一遍一遍的泼着，到后来都忘记自己是在拍戏了。赵英雄好长时间都没喊停，就任大家闹着，在一旁看着大家被淋湿的样子哈哈大笑。

“他在片场很少这么笑的，看来今天的心情不错！”拍完这个镜头洪建军走过来拍着我的肩膀说。我也发现赵英雄平时在片场的时候表情总是很严肃，整个人的魂儿都在片子里，倒是给我说戏的时候还比较和蔼。

“今天的戏就到这儿吧，我让厨师给大家多准备了几个菜，一起去吃。”赵英雄冲着演员喊话的时候刚刚结束了这场戏的拍摄，才八点多。而往常的这个时候，一般离一天的拍摄结束时间还有两个多小时。

“看来咱们的女主角今天的表现不错啊，导演给我们放假了！以后我们还得多仰仗你呢！”张斌走过来和我开起了玩笑。

“还不是因为老师们敬业，当然也主要是因为我这学生天资聪颖。”我的戏主要就是和张斌搭档，这十多天下来，早就混熟了，老是和他开玩笑。

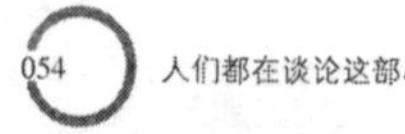

大家一路嘻嘻哈哈地走到饭桌旁，开始围着两张桌子吃饭。张斌坐在我旁边，而赵英雄就坐在我对面。赵英雄平时在片场为了节约时间，连吃饭的时候都不挪位子，就蹲在监视器后面随便扒拉几口盒饭，今天总算是和我们坐到一块儿好好吃了顿饭。

“哎，你们夫妻俩不要总是那么有默契好吗？夹的菜都是一样的，我们可是会嫉妒啊！”我刚夹起了一筷子菠菜，剧组里的演员们又拿我和张斌开始调节气氛。

“嗯，你想吃也夹，没事儿！”张斌早就习惯了，一个大男人，埋头吃饭，他才不管。

我有点不好意思，抬头正要和大家解释，没想到正对上赵英雄看过来的眼神，他没和大家一样一起哄笑，而是看着我，眼睛里有点疑惑，那天晚上碰到我的那双大手举着筷子停在了半空中。

我慌忙躲开了他的眼神，心跳有点快，我低着头，不敢再去看他，一边扒拉着饭一边低声说，“你们别乱起哄，到时候我要嫁不出去还得赖你们！”

“像我们方晴这样身材高挑，眼睛迷人，说个话都能把男人给迷倒了的，还愁嫁啊！”大家也不介意，大庭广众之下就这么说着，弄得我越发红了脸。我没敢抬头看，但是却似乎能感觉到对面的一双眼睛始终没有离开过我，我扒饭的速度加快了一点，也不知道吃进去的是啥菜。

好不容易吃完碗里的饭，我和大家打了个招呼就出来了，我怕再坐下去自己不自然的神情会被大家看出来。

我一个人走到村口的大坝上坐了下来，路过王顺家的时候，他家媳妇正端着饭碗就着腌萝卜倚在门口吃着，我和她笑了笑。

村口的这个大坝到了晚上的时候几乎没什么人来，四周都很安静，跨过大坝外面的草丛，就能看到大坝前一汪总是平静的出奇的水。我喜欢拍完一天的戏到这儿坐坐，除了看着静静的水面能让紧绷了一天神经放松下来以外，这里也像极了我和鲁杰在逢台时最爱去的地方。

那里是一条河，河水也像这里的水一样平静，河边也有着茂密的草丛。我和鲁杰甜蜜的回忆就写在那里的河水和草丛中。

能去到河边，是因为我和鲁杰拥有了一辆自行车。那个年代

学生有辆自行车可不是一件简单的事情，可鲁杰的爸爸硬是给他弄了一辆来。

那是我上初中以后的事情，我和鲁杰的生活像是一步迈进了现代化，从此，我们的生活可不是学校和家里的两点一线了，大大扩展了的地盘让我们的生活从黑白照片变成了彩照。

每到周末的时候，鲁杰一大早就会站在我们两家院子的通道处等我，一脚踏在地上，一脚跨在横梁上，姿态相当帅气，但是他从不敢给别人看见，怕被我们双方父母发现，所以不管怎么帅都只能躲在通道里自己欣赏。 那是我们在前一天就已经商量好的，早晨八点整，等我告诉妈妈要一个人去学校读书，背着书包从家里跑出来的时候，我俩便会以最快的速度一溜烟地消失在明媚的阳光里。

我坐在后座上，用两只小手小心翼翼地捏着鲁杰衣服的两角儿，鲁杰总是以我会掉下车为由，让我从背后抱着他，但我才不会上他的当呢，只管把他的两个衣角拉得呼呼生风。

骑着车子大概要花上20多分钟的时间，就会看到一条小河，河滩上长满了青青的草，应该是很少人会到这里来，所以这些草都长的很好，并没有被踩的迹象。 我们总是轻轻地迈过草丛，然后坐在中间的一块大石头上看书，学习。

我和鲁杰背靠背坐着，但鲁杰总会在书看到一半的时候突然转过身来从背后抱着我，我的心紧张地提到了嗓子眼儿，我能感觉到他宽大结实的胸膛，和他很烫的体温。鲁杰就这么抱着我，我不敢说话，也不敢动，但是我也并没有说出让他松手的话，我喜欢这样被他抱在怀里。

要是看书看累了，我就起身给鲁杰跳舞，一般都是那个星期在学校新排练的舞蹈。

“方晴，你知道自己有多漂亮吗？你的脸那么柔美，眼睛那么清澈透明，笑容那么恬静，你随着舞蹈转起来的时候特别美，你自己肯定都没看到过。”我跳完以后发现鲁杰特别认真地看着我。

我被看得很不好意思，连我都没有认认真真地在镜子中这样看过自己，虽然我知道自己确实应该被归到漂亮的那一群人之中。

“是啊，连我都没见过自己那么漂亮的时候，就让你看见了！”我故作生气，拳头落在了鲁杰的肩上，鲁杰一把抓住我的手，他坚挺的鼻子好像要贴在我的鼻子上了，我能感受得到他的呼吸，热气轻柔地拂过我的脸颊。 鲁杰凉凉的嘴唇印在了我的唇上。 我感觉心跳都快要停止了，我能尝到他的唇是甜的，我有点舍不得离开。 可我的手还是用力地推开了他，看了看四周并没有一个人，我悬着的心才放下来。

“怎么是甜的？”我本来想责怪鲁杰的，可不知道怎么会冒出这句话，我的脸当时一定红的像个苹果。

鲁杰抱着我哈哈大笑起来，薄薄的嘴唇向上翘着，清冷的眼睛也藏着不少温柔。 鲁杰确实有着英俊的脸庞，从小时我就知道了。

等到中午快要吃饭的时候，鲁杰就会带着我拼命地往回骑。回去的路都是上坡，他总是骑了一身汗，可还愉悦地一边骑车一边唱歌，心里好像喝了蜜一样甜。 那时候好像连天空的颜色也永远都是湛蓝的，没有乌云。

我突然想到来拍戏已经二十多天了，我只在刚来的时候写了一封信给鲁杰，不知道他最近过得怎么样，没有他在身边的日子总是有些不习惯。

壹拾贰

气流过去后，飞机又开始恢复平稳，我渐渐放松下来。

每一次坐飞机，总是会遇到气流。 惊恐过后，我安慰自己，其实习惯了就好了。

飞机上的人大部分都已经进入了酣睡状态，唯独我的意识变得越来越清醒。

究竟生活中有多少事情是我们因为习惯了就变成了是理所当然的。 习惯了一种味道的香水，就不想去换另外一种；习惯了咖啡的香醇，就会连失眠时都还想要依赖它。 其实我们似

乎并不知道究竟是因为喜欢所以习惯了，还是因为习惯而变得喜欢上了它。

就像是爱情一样，在习惯与爱之间，我们往往很难分清楚。直到现在我也不知道我和鲁杰在一起的十几年时间，究竟是爱情还是习惯。

壹拾叁

夜晚的大坝总是很令人神往。 太阳好像把水里一天的颜色都晒去了，只留下惨淡的白或者黑停泊在水面上。 如果村口的人家点上了灯，那大坝里的水就会被点点的灯火照得开始泛白，微风一吹，鱼鳞似的白光便也会随风而动。 要是赶上时候还早，农村里的人们点灯都比较晚，那大坝前面的水便是一片幽幽的黑暗，只等着月色或者星星照进去一抹光亮，让大家看到方向。

我正坐在大坝上愣着出神的时候，就听见赵英雄的声音从背后传来，“你真在这儿呢，听剧组的人说你每天都到这儿来坐坐，就过来看看。”

“这几天演戏的状态还行吧？”赵英雄跨过草丛，和我并排坐在了坝子上，一双大手撑在身体两边。今天的月色很好，水面上反射着月光，甚是透亮。

“嗯，还不错。”赵英雄和我坐的很近，我盯着他放在我身旁的一双手。不知道为什么，自从那天晚上碰到了他的手，现在只要看到，心里便升起一种异样的感觉。

我这是怎么了，我在心里暗骂了自己一句。

“我当初还真担心你会把这部戏给弄砸喽，拍第一场的时候，洪建军他们那么愣愣地看着我怎么想办法，你知道他们当初都不太同意我选你。我当时也挺紧张的，手心一直冒汗，看着你的表演和不知道要干嘛的表情，我的心都提到嗓子眼了，只能硬着头皮上了。也不知道当时怎么那么坚决就用你了！”赵英雄说。

“现在后悔了？”我很害怕他对自己失望。

“当然没有。其实第一次在学校见你的时候，我就有一种惊艳的感觉。那不是对于你的外表，你当然很美，古典清纯不张扬，但是更多吸引我的地方是大家没看出来的你内心的那种韧劲。 不知道为什么我一见到你就能让我产生这样的感觉。 这几天的戏拍下来也证明我是对的。 当所有人都在戏里特别使劲儿的时候，你的真实就成了影片里最宝贵的东西，而你性格上的野劲又非常适时地表达出了人物的内心。你像是一个经历了生活的种种苦痛才能有这么深刻感悟的女人，可我知道你并不是，这就是你的张力。”

赵英雄停顿了一下：“你知道吗，我觉得我每一次见到你都会从你的身上发现一些新的东西，这让我很兴奋，也会时刻激发我对于电影的灵感。”

他居然这么直接的夸我，从来没有一个人这么细致地描述过我的内心，连鲁杰都没有。 我从来不知道原来自己的内心竟然有这么强大的力量，而这样的力量竟然被他捕捉到了。 被赵英雄夸奖的感觉让我心跳加速，我甚至都不敢大声的呼吸，心里像眼前映着月光的水面一样，有点微波荡漾。

我和赵英雄静静地坐在大坝上，我没有再说话，生怕任何一句话都会把那种微妙的气氛给弄没了。

我们从大坝回到屋里的时候，已经晚上十一点多了。 我洗完脸，坐在床上犹豫了半天，还是出去敲开了赵英雄的门，“把你穿着的汗衫给我。”

“啊？”赵英雄一愣，不知道我要干什么，“怎么了？”

“你拿给我就好。”我有点不好意思，希望这个对话快点结束，我听到自己对赵英雄说话的口气中夹杂了一丝丝情愫在里面，我有点害怕。

赵英雄回屋把汗衫换下来，犹豫地拿给我。 我拿着跑回了自己的屋，取出针线，动作很麻利地把袖口上破了的地方缝了起来。

“你的袖口破了，你应该都不知道。”我再次来到赵英雄的门前，他不好意思地摸摸头，表情像那天晚上撞到我的时候一样，有点无辜还有点可爱。

“我没注意到，怎么好让你做这个呢？”

“怎么不能。”我没等赵英雄回答，把汗衫塞到他手里转身就走了。

我的脸上火辣辣的，但是心里却开始莫名地高兴起来。

壹拾肆

“方晴，方晴！”远远地我听见有人叫我，一时间思绪还没飘回来。

“啊？ 你叫我啊！”张斌站在我身后，“叫了你好几遍了，一点儿反应也没有，想什么呢，过来讨论一下明天的戏。”

片场正在拍着别人的戏，我却看着赵英雄的背影在出神。 自从那天晚上和赵英雄静静地在大坝上坐了很久之后，我开始渴望这个身影随时出现在我的视线里。 他在片场忙着指挥拍戏的时候、在安静地专心思考的时候，似乎每一根头发都在蠢蠢欲动地散发着智慧，吸引着我的目光。

看到张斌已经站在了我身后，我赶紧收回眼神，起身跟着张斌走了。张斌脸上并没什么异样的表情，相信他刚才没留意到我的举动。我不知道自己在逃避什么，但是我害怕从别人的嘴巴里知道我看赵英雄的眼神夹杂着暧昧。

我晃了晃脑袋，和张斌开始讨论起明天的戏。

晚上吃完饭，我照例往大坝走，边走边想着和张斌在下午讨论的戏。还没走到村口，就感觉天越来越阴沉，像是要起风了，我只穿着件白衬衫，感觉有点凉嗖嗖的，身上打了个激灵。

“是不是有点冷？”我抱着肩低着头走到大坝跟前的时候，突然听到了赵英雄的声音。我赶紧抬头看，赵英雄居然已经在大坝上坐着了。他手里还攥着着剧本，看来是刚刚拍完戏就过来了。

“嗯。”一件衬衫在夜里确实不挡风，“你怎么过来了？”

“我发现你选的这个地方的确很好，这么安静，能产生不少灵感。”赵英雄边说，边脱下自己的外套给我披在了身上。

我身上突然一下子温暖起来，“你里面只穿了短袖？”

“我不要紧。”赵英雄说。

衣服上充满了赵英雄的味道，很好闻，我把衣服往上拽了拽。

“你说这么平静的一汪水下面是不是也这么安静呢，还是在这水面下蕴藏着一种神奇的力量，正在剧烈地翻滚。”就在我和赵英雄并排坐着享受着这份安静的时候，我突然抬头问赵英雄。

“应该不会像表面这么平静，水下面有太多的生物，依赖着这潭水，同时也更想挣脱它的压制，冲到水面上来。”赵英雄显然被我无厘头的一句问话弄得有点摸不着头脑。

“那你说是不是巧儿也是这么想的，她看似平静的外表下面是不是也掩藏着一颗急于冲破现实的心？”我没理会赵英雄诧异的神情，自顾自地说着。

“对，巧儿的人生赶在了那个变革的时代，她身体内有着喷涌不尽的勃勃生机，内心强烈地渴望着自由，渴望冲破婚姻禁锢的枷锁，渴望把握自己的命运。”赵英雄对于人物内心

的把握总是这么清晰。

“那整部《酒坊》是不是也是那时候的人们对于生命，对于自由的一种渴望？ 你当初为什么会选择《酒坊》作为你第一次导演的剧本啊？”陶书仁的《酒坊兴衰》中其实很多桥段在那个还有点封闭的时代都是有点敏感的，我对于赵英雄选择这样一个剧本很早就充满了好奇。

“这几天你应该看了很多遍剧本吧，没想到你这么快就能把握到整部戏的感觉。 其实对于第一次导电影，我的心里也没底，但是我的身上有一种危机感一直逼迫着自己要向前进，也许是因为年龄的关系，也许不是，我总觉得自己是到了要站出来的时候了。”

那时候的赵英雄 36 岁，似乎也并不算大。

“84 年，我和北电导演系的老同学卓非凡拍了一部《高原》，那是中国的电影第一次在国际上获奖。 是那部电影真正激发了我对于电影的渴望，不是因为它获得的奖项，而是它给西方世界所带去的冲击。 所以我的渴望并不只是对一部自娱自乐的电影的渴望，而是对透过电影将压抑着的东方文化迅速融入世界的一种向往。”

赵英雄的眼睛里闪烁着光芒，却也流露着太大的压力，我以前从不知道赵英雄在导自己的电影的时候，居然在自己肩上背负了那么多的使命，他并不是在盲目地为拍一个电影而拍。

“可是我们现在的电影却很少有这样的，那些近乎于唯美的中国战争片在这个时候显得那么单调，大家都急于看到一个丰富的中国，却没有这样的影像去表现，我们似乎需要更新鲜的东西，来开启大家一直蠢蠢欲动的思想。”我接着赵英雄的话说道。

赵英雄一定诧异于我的这番话，他看我的眼睛放出了异样的光彩。

“就是这样，中国人现在正疯狂地迷恋着西方的尼采，他的‘酒神精神’刺激着每一个像我这样经历过很大变革的中国人。 这两年我走了很多地方，我看到的是广袤的土地上一切事物都在经历着劫后重生的欣欣向荣，人们渴望用新鲜的血液来扩张自己，精神上的跃动似乎只要在一刻之间就能爆发，但是却没有人能给出大家一个爆发的理由，所以我才选了陶仁书的《酒坊兴衰》。”赵英雄说得激动起来。

“你是不是觉得书里的年代虽然和现在有一定距离，但是书

中人物的精神状态却和现在这一关键的时刻如此相像，所以你决定把它搬上银幕？”我试探着向赵英雄表达着我的看法。

“我不知道你能这么了解我的想法，看来我真得没选错人！”赵英雄很兴奋，“这次我要做，就一定不能失败！”

我轻轻的把左手放在了赵英雄撑在大坝上的右手上，还是那双冰冷却温柔的手，我用力地握了一下，“我理解你，并且一定会支持你。”我不知道当时我怎么那么大胆，但是我确实很想让他知道有一个人懂他，愿意去理解他，更愿意在背后一直支持他。

赵英雄的眼睛里充满了感动，那是一种心灵相通的感动。

从大坝回来后，躺在床上的我难以入眠。

赵英雄的思想让我对他近乎崇拜起来。 这么一个优秀的男人出现的那么正好，他要在这样关键的时期开拓他的事业，他应该有着一些苦痛的人生经历，再加上他倔强的性格，才铸就了他要在这场变革中先行一步。 赵英雄，这个拥有坚毅眼神的男人，让我坚信他从来不是要一辈子都跟随别人脚步的人，他亟待实现着自己更多好的想法，《酒坊》成为了他的起点。 而我却幸运地和他一起站在了起跑线上。

“我希望能陪着你一起成长。”我躺在床上心里暗自对赵英雄说。

壹拾伍

“赵导，你家里的长途电话，打到了村里的值班室了，赶紧去接一下。”这天拍完戏正在吃饭的时候，值班室的老黄跑过来叫赵英雄。

我看着赵英雄急急走出去的背影，担心他家里发生了什么事情。

吃完饭，赵英雄还没回来，我和洪建军坐在麦场上乘凉。自从第一场戏后，我和这个性格耿直的大哥就觉得很投缘，时不时凑在一起聊天儿，“你和赵导是不是一起拍了好几部片子了？”

“是啊，我和赵导太熟了。”洪建军说。

“赵导在当导演以前过的是什么样的生活啊？”我问洪建军。

“你怎么突然问起这个来了？”洪建军对我突兀的问题有点奇怪。

“哦，没有，只是我觉得每一个这样的大导演都应该有一段特别不一样的经历，我只是比较好奇。”我尽力掩饰着自己。

“哦，赵导以前确实也不是一帆风顺的。”洪建军说，“听说他年轻时也因为上山下乡不能继续读书，而到了离他们县城几百里地的一个偏僻的村子里插队。插队的时候很苦，你们这些个小孩子没经历过不知道，他那时候是到那里修水坝，一天一天在外面风吹日晒着做苦力。他和嫂子邵玉华也是在那个时候认识的，嫂子是他的同学，两人也能说是青梅竹马吧，反正在插队的时候可帮了他不少。”

“你见过他爱人吗？”我插话到。

“见过一次，那时候正好跟着赵导回家乡办事，还在他们家吃了顿饭。”洪建军并没有觉出我问这个有什么问题。

我便继续了下去，“应该很漂亮吧，导演的妻子嘛。”

“倒也一般，不过很贤惠的。赵导下乡那会儿，嫂子每天晚上都在自己干完活儿以后，给赵导烙好锅盔，一大早给他送到村口，让他当午饭。赵导的袜子也是嫂子给补，我们那时候穿的都是那种黄线袜，很容易破，那时候他们还只是男女朋友。嫂子后来在吃饭的时候跟我聊天说，那袜子补的一个补丁摞一个补丁，都没地方补了，后来就托人给赵导买了双尼龙袜，说是他欢喜的摆在炕上也不是，踩在地下也不是。你不知道，在那个年代，真是一点点的高兴就能让人们有了更好的生活下去的力量。两个人的感情应该也是在那个时候培养起来的吧！你没体会过在农村那种面朝黄土背朝天的那种心灵上的孤独，它让我们这些刚从学校走出来的学生太受煎熬了。”洪建军的年龄也应该是经历过那段岁月的，他说着说着似乎是想到了自己。而我的思绪却一直停留在赵英雄的身上，那个时候究竟是什么样的一个女人陪他度过了那些灰色的岁月，我很好奇。

在洪建军还在沉思的时候，我独自一人从麦场上站起来走回了屋里，在院子里撞见了刚刚接完电话回来的赵英雄。

“家里有急事吗？”我问赵英雄。

“哦，那个，孩子想我了，我来了都没写封信回去，她们不放心，打个电话来问问。”我想刚才的电话一定是邵玉华打的，但是我并没有看出赵英雄在接完电话后高兴的神情，我有点纳闷。

第二天剧组要拍巧儿嫁人的戏，是场很重要的戏，我和赵英雄打了个招呼就回屋早早地睡下了。

“方晴，转过身来，再笑的甜一点，继续跑，好，回头，你好美啊！”我在河滩上无拘无束地跑着，银铃般的笑洒在了身后，赵英雄拿着个照相机不停地对我闪，眼睛里满是欣赏和快乐。

“那你喜欢我吗？”我不顾河滩上其他人诧异的目光，大声地问赵英雄。

赵英雄抹了抹头上的汗，“我—喜—欢—你！ 嫁—给—我—吧，方晴！”赵英雄用尽力气对着我喊了出来。

我的笑声越来越大，赵英雄跑过来抱着我尽情地在河滩上转

啊转啊，好像整个世界就只剩下我们两个人了！

正在我觉得转的头都有些晕的时候，突然感觉到一道阳光刺向了我的眼睛。我用手遮着，努力睁开眼。啊？我怎么在床上，刚才……原来只是做了一场梦。今天要拍嫁人的戏，我居然在梦里梦到了自己要嫁人，可梦里的主角怎么不是鲁杰，却是赵英雄。幸好没人知道，我的脸已经红到了脖子根儿。我一咕噜爬起来，赶紧洗了把脸到了片场。

片场进入了拍摄状态，在黑色的摄像机前面，充斥着一大片一大片的鲜红鲜红的红色。巧儿穿着红棉袄、红色绣花鞋、戴着红发簪、坐着红轿子，就这样在广阔无边的黄土地上开始了自己的人生。轿夫在强劲的节奏中抬着巧儿，她透过轿子上一闪一闪的帘子缝儿偷窥着他们，看着这条从来没走过的路。那是一个被命运紧紧套牢的女人，她知道接下来给予自己的会是怎样的一张网，但她却还得痛苦地像飞蛾般扑上去。

这原本是一场黄土地上迎亲的戏，但是这看似喜庆的场面却没像昨晚的梦一样让我的心情愉悦，我的心情压抑了一整天。除了拍戏说台词，这一整天我几乎都没一句话。

这个被赵英雄看在了眼里。

“今天的状态好像不是很好，怎么了，早晨迎亲的戏感觉不是抓得很准吗？”拍完戏之后，赵英雄在回住处的路上叫住了我，因为梦的缘故，我没敢看他。

“就是因为我找到了巧儿的感觉，才觉得很难受，很多时候，人为什么在现实面前总是显得那么渺小，命运难道就不是应该掌握在自己手中吗？ 不管是婚姻也好生活也罢，都应该按着自己的想法来过。”我很容易会让自己陷入人物的内心，分不清楚是戏还是现实。 很多人说这是拍片子时的至高境界，但是我却因为走不出来而深感痛苦。

“我讲个故事给你听。”赵英雄边走边讲，“有一个孩子原本出生在一个知识分子家庭，也算是书香门第，但是，突然有一天，在孩子还没懂事的时候，这个家庭就遭到了‘文革’的迫害，原本温暖的家庭被罩上了一层阴霾。 这个小孩就是在这样的环境中长大的，他觉得自己生活在一个被人用门缝看扁了的世界中，永远收敛着自己的个性。 但是他的年纪一天天在长大，他不想就这样一辈子过下去。 上山下乡、进厂当工人，他学会了一步一步地忍耐，但是这些都是在为将来的一天做准备，只要有一天一个机会摆在他面前，他就永远不会放过它。 他最终通过这个机会让自己成了大学生，他一生的生活可能都会因为这个身份的改变而走在完全不同的轨道上。《酒坊》中的巧儿也一样，她不愿意这样逆来顺受的，她只是在等待一个机会来改变自己的命运，最终她也做到了。”赵英雄尽力开导着我。

“你故事里的那个小孩子是你自己？”我问赵英雄。

“嗯。”赵英雄的眼神看起来有些伤感。

“在上大学之前，我只是棉纺厂的一名工人。就是流水线上最普通的那种，这个工作不需要啥技术，需要的只是熟练。我在这个每天重复的工作中等待着机会。果然，刚过了一年，厂里的领导说厂里的设计室缺个人，我就和领导推荐了自己。厂领导问我会不会画画，我说会。小时候我的性格很内向，很少出去和别的小朋友们玩，就待在家里和表姐一起画画。没想到就是那个时候打下的画画功底帮了我大忙，我从流水线上的工人一下子成了设计室的设计师。虽然只是设计双袜子，但是这个工作还是让我感觉到了工作的成就。这就是你和命运的抗争，只要你准备好了，命运不知道什么时候就会给你这样的机会。”在赵英雄开解我的时候，我们已经走回了自己的住处。

“好好休息，能理解片中的人物是很好的事情，但是不要让自己的精神过于紧张，好吗？这样我会担心。”赵英雄叮嘱了我，走回了自己屋内。

赵英雄最后一句话在我心里沉了一下，我望着他的背影进了屋。

我还在想着巧儿的时候，看到屋里的桌子上躺着一封信，是鲁杰寄来的，光看笔迹我就知道。

鲁杰在信里说很挂念我，不知道我在剧组能不能习惯，身体能不能吃得消。还报告了他这段时间多么想我，最后才简单说了下他这一个多月的生活，无非就是排练和演出。他让我尽快回信给他。

我笑着看完了鲁杰的信，他总是这样，永远把对我的感情和关心放在第一位，然后才想到自己。

我动笔给鲁杰回了封信，心里有点内疚。来拍戏一个多月了，我只是偶尔才能想到他，并不像他思念我那么热切。我在信中说了很多拍戏时大家对我的照顾和帮助，但我刻意没有特别提及赵英雄，那个对我帮助最大的人。信很简短，末尾当然没忘记写上我也想他，让他安心排练演出。

壹拾陆

“方晴，这个星期我们让洪建军给大家拍些相片，算是我们在这儿拍戏的留念，你去吗？”这天一大早，张斌跑到我房门前问我，我刚刚洗漱完准备去片场。

“好啊！ 我也好久没照相了。”我答应着。

“那周日下午四点在麦场集合，我问了赵导，说那天的戏不多，拍到四点应该能结束。”张斌说。

周日的天气很好，没有风，太阳也暖暖的。 我到的时候，已经有很多演员在麦场上站着了，洪建军拿着照相机边抽烟边等其他人。

“我这可是高级摄影师啊，你们上照相馆照一张也得三块钱吧，今儿下午一人给我五块就得了！”洪建军跟大家说笑着。

我们在麦场、大坝还有村里的土墙旁边都留了好多影，那些农村特有的景色在城里见不到，当然也就成了很好的背景。

大家整个下午兴致都很高，等拍完往回走的时候天已经黑了下来。

我和洪建军边走边开玩笑，“你们这些摄影师是不是都喜欢拍美女呀，我看你下午可没少给剧组的漂亮妹妹们拍啊？”我嘲笑着洪建军。

“给你拍的最多了，你还敢笑我，回头相片不给你了！”洪建军吓唬我。

“好了好了，我开玩笑的嘛，不过说实话你们这些摄影师应该在给漂亮姑娘拍照时更有感觉对不对？”我回击着。

“那当然了，摄影艺术那可是细节的艺术，谁愿意对着丑的

东西仔细端详啊！ 不过说到拍美女，我可比不上咱们赵导，他当时考北电的作品里美女的照片就占了不少呢！”洪建军说。

“真的？ 拍得谁啊，在哪拍的？”我一连串问了好几个问题。

“我听他说那时候他还在棉纺厂工作，用自己每个月 30 多块钱的工资和一次卖血的钱买了一架几百元的海鸥牌照相机。这在那个时候可算是一个很贵的物件了。 有了照相机后，赵导每天都把它背在身上，走到哪儿拍到哪儿，长安的大街小巷都成了他镜头里的画面。 当然美女模特也找了不少。 他口袋里每天都会装着些瓜子、糖之类的，就是为了能先和那些‘模特’说上话。 像厂里广播站的播音员、供销社的售货员什么的，后来都成了他的模特。 当然刚开始她们是比较羞涩的，不过看过赵导在河滩上给她们拍的照片之后，一个个都偷着乐。 赵导的摄影水平那是有目共睹的，他的构图和想法一般人都做不到。”洪建军夸赵导从来都不会吝惜语言。

“河滩？ 拍照？ 原来梦里的景象真的出现过。”我特别惊讶，自己怎么能梦到和赵英雄以前的生活那么相似的画面。

“你在嘟囔什么？”洪建军不解地问我。

“啊！ 没什么，在佩服你们啦！”我含混了过去，心里却一直想着那个梦是不是什么预兆。

“那当然了，像我和赵导这样高水平的摄影师不是你想见就能见到的啊！”洪建军得意起来。

“那等你把照片洗出来后，我回家给裱起来挂在墙上。 那都是艺术啊，我每天欣赏一二十遍都还嫌少！”我顺着洪建军的话往下说，他笑得都合不拢嘴了。

壹拾柒

拍戏的时间总是过的很快。一转眼就快两个月了。后来鲁杰又来了封信，我没给他回。

这天我从大坝上休息回来，路过了村里的值班室。

“你当时考北电的时候，我是怎么帮你借的书让你去复习，后来学校说你年纪太大，我又是怎么托人找的关系，让你上了学……你现在可好，毕业了，长能耐了……拿我们娘俩不当人了是吧。我们不打电话给你，你就几个月问都不问我们一句，你的心里还有没有我们啊？”值班室里正有人接电话，听筒那头的声音特别大，我断断续续的能听到电话里一个女人的声音。

我忍不住好奇，透过玻璃向里头望了望，屋里的灯光虽然比较暗，但我能看得出接电话的人是赵英雄。

“你不要这样说，我当导演后确实很忙，心里怎么会没想着你们，就是没那么多时间给你们打电话、写信，我……”赵英雄的话还没说完，电话里就传来嘟嘟的声音，应该是对方挂了电话。赵英雄愣了许久，把电话挂回原处，整理了一下情绪转身向门口走过来。我赶紧闪身要离开值班室门口，可还是和赵英雄撞了个正着。

“我刚从大坝回来，正要回去。”我忙解释着，眼神却有点慌乱。赵英雄的脸色不大好，不知道是因为刚才的电话还是因为正好撞见了我。

“哦，我接了个家里的电话。”赵英雄轻描淡写地和我说了一句。他从来不会在我面前提到他的家庭生活。

赵英雄那么忙，家里却还要在这个时候打电话来骂他。他虽然自己都没说什么，但是我却开始心疼起来。

我们两个各自想着自己的事情，一路走回住处，没再说话。

拍戏的日子总是很忙，白天拍戏晚上看剧本，好像只有在躺着入睡前才有时间想点别的事情。最近也不知道是怎么了，一到这时候脑海里总是交替出现着鲁杰和赵英雄的身影。鲁杰的影子总是一闪而过，更多的时候我还是在想着赵英雄。我特别想了解他的过去、他的家庭，他的一切。其实也是因为这个原因，我一直拖着没给鲁杰回信。我生怕在信上会流露出什么来。我不知道这样对鲁杰是不是不公平，我的内心也很挣扎，但就是控制不住自己的想法。

壹拾捌

“都两点了，怎么还不睡觉？”这天晚上，我正在屋子里看剧本，就听到赵英雄在窗子外面说。他应该也是刚刚把剧本合上，到屋外透透气吧，自从电影开拍之后，他睡觉的时间就很少。

“我还在看剧本，明天要拍巧儿被杀害的戏，我觉得心里还是没底。”我推开房门，走出来和赵英雄说话，院子里其他屋子的灯都已经灭了。

《酒坊》的戏已经拍摄过半了，大家对我的表演也很认可，但我不敢有一点松懈。因为表演其实并不是我一个人的，如

果戏在我这头没有出来，那张斌的表现一定会因为没有火花的碰撞而失色不少，相反，如果张斌给的戏我接不住，整部电影一定会在我这里出现断层，所以我不能因为自己表演上的一点点缺失而让整部电影有遗憾。虽然那个时候我并不知道这部戏对自己的意义，但是22岁的我，体内一触即发的青春和理想让我始终充满了力量，每天拍十几个小时的戏，我还能一直处于精力旺盛的状态。

“嗯，早点儿睡吧。我看你这些天也睡得越来越晚，不要光是拼命拍戏，也要注意身体，这个你拿着。”赵英雄塞到我手上一瓶胃药。

因为剧组在的地方比较偏，吃饭肯定赶不上城里，大家每天的伙食都是凑合吃饱就行。而我这几天为了能抓住人物的心境，更是开始每天两顿高粱饭，把我的胃折腾的够呛，时不时就会隐隐作痛。

可赵英雄怎么会知道这个事情，我心里正在嘀咕。赵英雄把药拿给我以后已经转身回房了。

第二天一大早，我收拾背包准备装好东西去片场，正拿水杯的时候看到了桌子上躺着的药瓶，是赵英雄昨天送来的。我拿起瓶子小心翼翼地揣在了背包的里兜内，生怕把它弄丢了

“好，停！”我被敌人用枪打中胸口的镜头拍了十多条才过，我也连续随着枪声倒在地上十几次，弄得脸上、头发上、衣服上都沾满了黄土。

听到“停”，我赶紧从地上爬了起来，边跑边在身上随便拍了几下黄土，到监视器后面看回放的画面。

巧儿被敌人打中的胸口，鲜血汩汩的向外喷着，她像是完成了最后一点使命，砰然倒在了地上。 镜头中的画面被巧儿胸口里冒出来的鲜红的血染成了整片的红色，天地万物也开始红了起来，震彻天地的童谣响起，生命的意识仿佛就在那鲜红色的毁灭般的惨烈和悲壮里渐渐升腾起来。

“太棒了！”我看着看着觉得自己都被感动了，倒不是因为我的表演，而是被赵英雄在画面中呈现的那些夺目般的红色所感动了。

赵英雄应该是很爱红色的我想，影片拍了这么久，不论是《酒坊》中那种内心对于生命的渴望，还是命运的悲壮都能让赵英雄在泼墨画一般的红色中呈现出来，也许是热情的、也许是悲烈的，却都让人们感觉到了强烈的震撼。

“电影中的巧儿是丰富的但却不是唯美的，她先是想冲破婚姻的枷锁，进而又背负上了民族大义，那个时代赋予了她太多的使命。 在她倒下的那一刻，她对于生命的理解变得完整起来。 而这时候只有红色，才能让我们看到爱与恨的碰撞，生与死的博弈，自由想要冲出枷锁的强烈愿望。”赵英雄并没有回头看我，却好像每次都能猜到我在想什么。

我重新走到片场里演员临时休息的地方，接下来是其他人的戏了。 我没回住处，在片场坐着，远远地看着赵英雄工作。

“你已经有药了？”我正看着赵英雄出神的时候，张斌走过来看着我水杯旁边摆着的药瓶子说，“昨天赵导还问我你最近怎么吃饭都吃的很少，我说可能是胃病犯了，看你老是捂着个胃，还想着让咱们的道具哪天给你弄点药来，可别让我的媳妇受了苦！”

“看我生病你还乱开玩笑！”我笑着白了张斌一眼，原来赵英雄还专门去问了张斌，我说他怎么会知道我胃痛的事情呢。

“傻笑什么呢，怎么了，刚吃了药胃痛好了？”张斌问我。我在想赵英雄的时候脸上一定是露出了笑容，我自己都没察觉到。

“你不知道心情好病就好得快呀！”我站起身来，不想和张斌瞎贫了。

“哎，你为什么心情好呀？”张斌还不放过我，蹲在原地追着问我。

我已经走出去好远了，没接他的话茬。我没办法告诉他我心情为什么好。和鲁杰在一起的时候，他也经常给我送药，还给我煮饭，可那时候我都没有现在这样的感觉。我总是不自觉地拿赵英雄和鲁杰对比着，心里很不是滋味。

壹拾玖

7 月初的晌午，天气热的很，那天都是室外的戏，赵英雄怕把大家晒坏了，中午放了两个小时的假，让大家乘凉休息。我和赵英雄坐在离片场不远的一棵大槐树下乘凉聊天，赵英雄拿着一把芭蕉叶的蒲扇给我扇着。

“赵导，你的挂号信，还有衣服，从家里来的，找了你半天了，别是有什么急事给耽误了！”村里的邮递员擦了一把头上的汗，把东西交给赵英雄。

“谢谢，看把你热的，应该没什么急事。”赵英雄把扇子递给我，我给他扇着，他拆开信看了起来，眉头有点紧。

“怎么了，家里有急事啊？”我问。

“哦，没什么，只是邵玉华想来剧组看看。”赵英雄说，“她说孩子学校放暑假了，和我也几个月没见了，想带孩子来看看我，顺便也到剧组来看看拍戏，我搞了这么多年电影，她还没见过，也不知道片场是啥样子的！”这是赵英雄第一次和我说他家里的事情。不过，让我有点奇怪的是，他的脸上并没有呈现出妻子要来看他的高兴。

“嗯，来看看也好！”我嘴上这么应着，“那你在家的时候也没和她说说你拍戏的事情？”

“我在家的时间很少，回到家大部分时间都是和女儿玩。她就忙着干家务活，洗衣服做饭她一个人都包了。我们两个几乎不会讨论我的工作，一来她不怎么感兴趣，我怕说多了她烦，二来她也不太懂，我也不知道要捡哪一条和她说。”赵英雄的口气中带着一丝无奈，我能听的出来。虽然我并没有婚姻生活的经验，但是在我看来夫妻之间除了生活琐事还是应该要有共同语言的，不然怎么去理解那个每天都陪在你身边的人呢。

赵英雄走回片场，拿了一张纸和一支钢笔过来，“趁现在有

时间给她回个信，我怕晚上拍完戏回去还得看剧本、开会，没时间弄就把这事又给忘了。”不知道为什么，赵英雄向我解释起来。我没动身子，在一旁给他扇着扇子，他也没避开我，就那么趴在腿上写着，信上的内容我看得很清楚。

玉华：

你好，很高兴能看到你寄过来的信和衣服。上次电话还没说完，你就挂了，我知道你在生气，也就没打回去。我也很想念果果和你。我拍戏已经拍了几个月了，在剧组的时间总是感觉不够用，所以自己都没感到已经过了这么久。家里一直让你一个人照顾，辛苦了！因为工作很忙，很长时间没给家里去过信了，心里很是愧疚。

现在我当导演，工作不像以前当摄影师那么简单，除了要拍戏，剧组大事小事我都得管，真是累的够呛。但我得挺过去，现在我只是一个新的导演，没有权利和理由过多的指挥别人，更不能去偷懒，每件事情我都得带头，都得做好。你也知道我拍这个电影是要破釜沉舟的，不能失败。可是虽然是拼命干活，但这个活儿也挣不了多少钱，让你一个人带着孩子在家受苦了。

你说你想趁着孩子暑假来看我，我当然很想见到你们，但是你听我给你说说我的意见，你再考虑一下。一来，织县很远，很偏僻，在农村条件当然不是很好，每天吃饭的问题就不好解决，我怕你来了之后和果果在这里吃苦。再说我每天十几个小时都在忙着拍戏，也不能照顾你们，这里没什么地方能玩儿，怕是比较闷。二来，在织县的拍摄就快完了，到时候剧组要到西北影城接着拍，中间会有几天在北京中转，不然到时候你和果果直接去北京，我们在那里见面，比较方便，时间上我可能也会比较空闲一点，你说呢？

这是我的意见，你再考虑一下。家里的事情和女儿就拜托你照顾了，我也很想你们，希望你能理解我的难处，不要胡思乱想。

英雄

赵英雄给妻子的信很短，十几分钟就写完了，叫了邮递员给送了出去。赵英雄在信中的话语看似很朴实，但是和妻子的语气间却透着一份不该有的客气，也不知道两个人之间到底发生了什么事情，我自己乱想着。

后来，直到我们的剧组结束了在织县的拍摄，赵英雄的妻子也没来。这让我心里有了一种莫名的高兴。

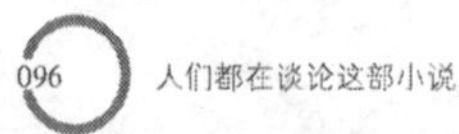

贰拾

在织县的戏马上就要拍完了，我的戏份也剩下不多。艰苦地拍了三个多月，我的身体终于开始有点吃不消了。

这天我好不容易忍着拍完了自己的戏份，赶紧用手扶着腰挪到片场旁的槐树下坐了下来。我一摸，额头上已经渗出一层汗。

远远地，张斌朝我走了过来。

“怎么了，我看你刚才拍戏的时候就直冒汗。”张斌问我。

“腰一直疼，刚才拍戏的时候，又突然疼了一阵子。还好大部分都是你冲着镜头，我背对着。”我一手按着腰，一手擦去了额头上的汗。

“是不是伤风了，村里的房子总是不太严实，墙是有点走风的。”张斌说。

“唉，不知道，可能是累的。每天挑着水桶、推着酒缸走来走去，前一阵子腰就有点受不了了。”虽然拍戏的时候木桶里的水并不是很多，酒缸也大多是空的没装酒，但是我以前都没干过什么重活儿，突然来这么一下子身体实在是有点扛不住。

“嗯，那今天收工就早点睡觉吧，多躺躺，可能好得快一点。”张斌说。

“你去忙吧，我现在好多了，休息一会儿就回去。”和张斌说话的这工夫，我坐在这里，已经没刚才那种钻心的疼了。

张斌走的时候，我抬头正好看到赵英雄向我这边望了过来。距离很远，我看不清赵英雄的表情，但是我却能感觉到他目光中的关切。我冲他笑了笑，示意并不严重，他这才把头转回去继续工作。

晚上大概十一点多钟，我因为腰疼，早早地已经躺在了床上，手里拿着剧本心不在焉地翻着。

咚、咚、咚，有人敲门，这么晚了是谁呀？ 我心里想着，整了整衣服，从床上爬下来开门，“你怎么过来了？”我看到赵英雄站在门口，一侧身把他让进了屋子。

“今天白天看你好像是腰疼，过来看看你怎么样了。 本来想早点过来的，但还要和副导演他们碰头，商量了一下明天拍摄的事情，这才弄完，没打扰你吧？”赵英雄一脸的疲惫，这几个月的工作让他憔悴了很多，比我刚在学校见他的时候老了一圈儿。

“好一些了，这么忙就不用过来看我了，没事的，我能挺得住。”赵英雄在担心我，他可能并不知道此时的我看到他深陷下去的眼窝和胡子拉茬的脸时，却也产生了心疼的感觉。

“不然我给你按一下吧，以前在插队的时候，干活干得太累了也会腰疼，住在我们隔壁的大爷是个赤脚医生，他就时不时帮我按两下，解决了大问题，我也跟他学了两招。 白天在片场人太多，帮你按，怕大家说闲话，对你不好！”赵英雄居然有点不好意思起来，咧嘴笑得表情很可爱。

“还要亲自麻烦你，那多不好意思啊！”听了赵英雄的话我虽然心里特别高兴，可也不好意思答应。

“不能让腰疼耽误了拍戏，这是大事。”赵英雄的眼睛没看我，尽量地轻描淡写，但我能看的出来他关心我并不仅仅是因为工作。“你腰疼，我也不好受。”后面这句话，赵英雄说的很小声，但我还是听到了。

我不再拒绝，趴在床上，赵英雄站在地下，给我按了起来。那双温柔的大手很有力的在我的腰上使上了劲。不知道是因为加速了血液循环还是我心情的异样，我感觉全身都开始燥热起来。我和赵英雄都没说话，屋里散落着甜甜的暧昧的味道。幸好我趴在床上，背对着赵英雄，否则我通红的脸一定被他看到了。

“你爱人一定很幸福，你这么会照顾人。”我想找个话题打破现在尴尬的气氛，不知道为什么，在这个时候我想起了他的妻子，能有这么一个优秀的丈夫，能感受到他这样的疼爱，该是一件多么幸福的事情。

“其实我心里挺对不住她的。”赵英雄的手停了一下，说道，“和邵玉华结婚后，我就去北电上学了，上学的时候我

是埋头苦读的那种，因为好不容易才有这个机会，我特别珍惜，几乎把所有的时间都用在了学习上，也没有照顾过她。上完学后，我被分配到了海州电影制片厂，我在南方，她在北方，根本也没时间在一起。后来，女儿果果出生了，邵玉华就把大部分时间放在了孩子身上，我在外面东奔西跑的拍戏，真正能陪她们母女俩的时间并不多。”

“那她有怨言吗？”我问赵英雄。

“也有吧，但是她从来不说，我也不问。我们两个在一起十多年的时间，交流很少，大多数的时间好像都是彼此的一个习惯而已。”赵英雄笑的有点尴尬。

我不知道当时赵英雄是怎样的感觉，但是我能感受到他在对我慢慢敞开那颗封闭了很久的心。

赵英雄对于和妻子的感情，如果我不问，他从来都不会提及。他是一个特别不爱张扬的人，压抑着过着自己的生活。我并不知道我能不能很好地去了解这个倔强的西北汉子，但是我现在却是特别渴望去理解他。赵英雄无意间流露出来的真诚和柔弱深深触动了我的内心。

“你活动一下，看有没有好点？”按了半个多小时，赵英雄停了下来，头上已经冒出了汗珠。

我站起身来，腰部的酸胀的确减轻了很多，不知道是因为他的手法还是因为我的心情。

“真的好多了！ 谢谢！”我看着赵英雄。

“那你早点休息吧。”赵英雄说着转身出了屋子，“以后不要和我说谢谢。”

赵英雄半个身子已经跨出房门了，可我还是听到了那句话。“不要和我说谢谢。”我在脑子里重复着，简单的一句话好像让我的大脑有点儿缺氧，似乎我再一想就要有什么东西被点燃了。

我赶紧收拾了下心情，躺在床上准备入睡。

贰拾壹

8 月份，《酒坊》在织县的拍摄结束了。

当天晚上，赵英雄请大家到县城的馆子里吃了顿饭，算是提前庆功。吃饭的时候大家特别高兴，还要了几瓶酒庆祝这几个月来的辛苦。

“赵导也给我们来一个。”饭桌上的演员们好不容易逮着个放松的机会，大家一边吃饭喝酒，一边还在饭桌旁载歌载舞，饭店里吃饭的人可从来没见识过这阵势，都扭头看着，边看还边鼓掌。这时候，林志成也喝了不少，扬着微红的脸叫赵英雄也给大家表演个节目。

“赵导来一个，赵导来一个！”其他演员们也都跟着起了哄。

别看赵英雄是搞艺术的，可真让他唱个歌、跳个舞还真够难为他的，不像我们这些学表演的，张嘴就能来一个。

“北京的金山上……”赵英雄被逼得实在不行，张嘴唱了句老歌，可一句还没唱完，就笑得岔了气儿，“不行，不行，我唱歌跑调，还是不能唱，方晴，你来替我，给大家表演个节目。”赵英雄的眼睛望着我，让我给他解围，他在这个时候能想到我，我内心当然是很高兴。

“大家就别为难赵导了，我给大家唱一个再跳一个，成吗？”我接过赵英雄的话，从座位上站了起来。

赵英雄看着我表演节目，很陶醉。

大家吃完饭已经是十点多了，高亢的情绪让每个人都有点微醉，一路开车唱着歌回到了村里。

狂欢过后总是会让人更加寂寞，这个也不知道是谁说的，只是我在回去的路上突然就感受到了。

坐在车上，我并没有随着大家的歌声高兴起来，酒精的作用和刚才的兴奋居然让一种巨大的落寞开始猛烈地侵袭着我。看着车窗外的景象一个接一个消失在眼前，我意识到明天就得离开这里了，我忽然很害怕失去什么。再看看赵英雄，他也是一个人沉寂地靠着窗子，并没有加入到大家的歌声中。

回到屋里，我在床上躺了很久都睡不着。酒已经醒了，我越发精神起来，脑子里总是回味着这三个月来和赵英雄相处的日子。他严肃工作的样子总是那么迷人，不过有时候憨憨的表情也着实很可爱。

我想让自己的思绪就这样停留在这里，但是心里却又开始害怕，鲁杰英俊的脸庞把我拽着往前跑。这三个多月来我好像看着自己慢慢地从鲁杰，这个和我相恋了十几年的男孩的身边走开了，但是我却没有任何办法。因为我的脑袋现在全被另一种幸福的感觉包裹着，这是和鲁杰在一起从来没有体验过的，我没有办法顾及别的事情了。我像是陷到了一个柔软的草洞中，虽然知道可能是陷阱，却舒服的让我不想出来。

我索性走出院子，想到旁边的麦场坐坐。8 月份的夏夜，天空中只散落着几颗星星，并不亮堂，空气倒很新鲜，偶尔还能听到水塘里的青蛙在叫。这是我第一次认真地感受着这里的生活。

明天的分别过后不知道等待着我的是什么，赵英雄现在在干什么，他会知道我的想法吗？ 我的头好像是因为想了太多的问题开始疼起来，我使劲晃了晃脑袋，走向麦场。

麦场上黑漆漆的一片，白天被太阳照过的地面还暖暖的。 我走到麦场边上准备坐下来的时候，突然看到了不远处一个小小的光亮，有人拿着烟坐在那里。 是赵英雄吗，我猜想着，刚刚平静了一点的心又开始晃动起来。

我急步走了过去，果然是赵英雄，“你也睡不着吗？”

“是啊！ 明天就要走了，还真有点舍不得！”赵英雄的话像是从远处飘来一样。

“舍不得，舍不得什么？”这样的黑暗和一点点酒精好像给了我很大的勇气。

四周越发安静了，我的问话似乎冲破了这沉寂的夜在耳朵边回响着，我等着赵英雄回答。 赵英雄用力地吸完了手中的烟，吐出了最后一个烟圈，那里面夹杂着他的叹息声。

许久，他站起身来，轻轻地摸了摸我的头发，我没有动，任由他摸着，大脑一片空白。

“这样的日子以后还会有吗？”赵英雄的话很低沉，但每一个字我都听的很清楚。 他的手停在了我的头发上。 四周的空气快要凝结起来了，他再也没说任何一句话，停在我头发上的手久久没放下，手上和眼睛里应该满是伤感。

夜很黑，我看不到，但我却能感觉到。

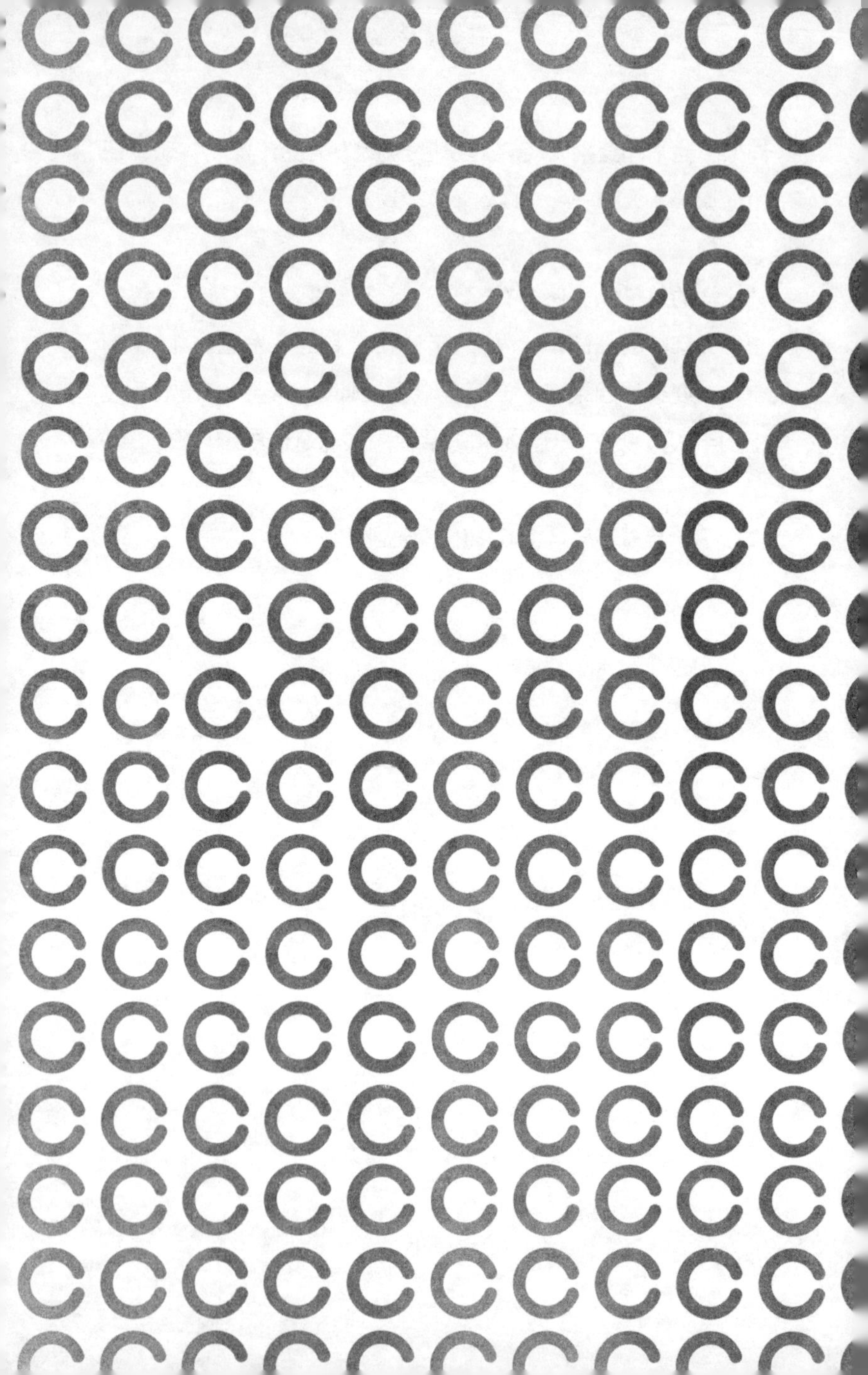

贰拾贰

“不好意思吵醒你了，我想给你盖床毯子，怕睡着有点凉。”飞机平稳飞行之后，我居然迷迷糊糊的睡着了。

“现在几点了？”我睁开眼睛顺便问了下空姐。

“飞机才飞了两个多小时，还有漫长的一夜呢，您还是好好休息一下吧！”空姐的声音永远都是这么温柔。

刚刚的梦中我似乎又回到了年轻时拍《酒坊》的岁月，回到了我和赵英雄刚认识的时候。怎么又做了这样的梦，已经很久没有回想起那时候的事情了。我很怕回忆起来的甜蜜让自

己都嫉妒。

“给我一杯咖啡吧。”我和空姐说。

“这么晚了。您还要喝咖啡吗？”空姐问我。

“嗯，没关系的。”我说。

机舱里的人大部分都已经睡着了，窗子外黑漆漆的云团杂乱无章地翻滚着。

“喝点水吧，这样容易睡觉。刚刚看你睡的就不是很好，是有什么事情吧。不过呢，人生就是这样，什么都不要强求，顺其自然就好了。不要逼着你自己喝咖啡非要让自己清醒，在晚上该入睡的时候还是应该入睡不是吗？”我座位旁边坐着一位满头银发的老太太，看样子已经70多了，但面色却很红润。老人家上飞机后喝了杯果汁然后就睡了，现在应该是被我吵醒了。我有点不好意思的看着她，但能说出这个看似简单却深藏着哲理的话，我想老人家应该也是一位拥有太多生活经历的人。

“可人生有的时候就是要和你开玩笑，总是在不合时宜的时间遇见不该遇见的人然后做着不知道该不该做的事情。”我略有所思的说着，声音很小，可能只是想说给我自己听。

“小姐，麻烦你帮我换一杯水吧！”我还是听从了老人的意见。

“好的，请您稍等。”空姐微笑着。

老人已经闭上眼睛继续入睡了。

贰拾叁

结束了在织县的拍摄，《酒坊》要转战西北影城继续取景，剧组决定放几天假，中途在北京短暂休整几天。

我拎着行李回到学校，在学校的澡堂里好好地洗了个热水澡，这才缓过精神来。

第二天睁开眼睛的时候太阳都已经老高了，宿舍的同学都去上课了，我一个人赖在床上不想起来，拍戏的时候几乎每天都睡不醒。

“302 方晴有人找！”正睡着呢，楼下宿舍管理员阿姨喊了一嗓子。 怎么刚回来就有人找我啊，我磨蹭着，一百个不乐意地从床上爬起来，披了件衣服走到了楼道上。

“方晴，方晴！”我低头一看是鲁杰在楼下挥手。

“你等我一下啊，我回去换个衣服。”我没想到鲁杰一大早出现在楼下。 不过三个多月没见了，我还是很兴奋。 我赶紧刷了个牙洗了把脸，匆匆下了楼。

“你回来怎么不告诉我啊？ 还好我消息灵通，一大早就跑来找你了。”鲁杰嗔怪道。

“我……”

“让我好好看看你！”鲁杰根本就没有要听我解释，责怪不过只是一句话而已，他从来都是站在我的立场想所有的问题。 鲁杰抱着我的肩从头到脚又从脚到头的看了一遍又一遍。

“你想把我吃了啊！”我推开鲁杰的手，有点不敢迎接他那么真诚炙热的目光。

“你被晒黑了，又瘦了一圈。 是不是剧组很累啊，是不是吃

不好啊？”鲁杰的问题一串儿接着一串儿。

“哪里有啊，你是嫌我不好看了是吧？”我和鲁杰开着玩笑，他的关心让我觉得有些愧疚。

“怎么会，就算天底下的人都觉得你不漂亮，在我鲁杰眼里，方晴也是最漂亮的。”三个多月没见，鲁杰一点都没有变。

鲁杰带着我到以前经常去的餐馆吃饭，点了一桌子菜。“点这么多怎么能吃的了啊？”我说。

“你多吃一点，拍戏的时候伙食肯定很差，我真担心你的胃怎么能受得了。”鲁杰拼命地往我碗里夹菜。

“戏拍完了吗？还是只回来几天啊？我给你的信你收到没，后来也一直没音讯，急死我了！”鲁杰没动筷子，光看着我吃。

“哦，因为拍戏没时间所以也没回，反正也没什么别的事情。剧组就在北京休息几天，过两天还要到西北影城去接着拍。”我低着头边吃边说，没抬头看鲁杰。

“我们下午叫马海洋、顾晓军他们出来玩吧？”我问鲁杰。

“你不是就待几天吗？ 我还想和你单独在一起呢！”鲁杰有点委屈。

“哎呀，不是也很久没见他们了嘛，还有点想他们呢！ 叫出来一起玩嘛！”我极力掩饰着自己。 不知道为什么我就觉得单独和鲁杰在一起的感觉有点怪怪的，我像是一个做了错事怕被发现的小孩子。

下午，马海洋来了，顾晓军因为有课没来。

“哎哟，我们的大明星回来了，戏拍完了，你是不是要红了呀！”马海洋说话还是没个正形，不过他的到来让我轻松了很多。

“谁说我当大明星了，戏都还没拍完呢！”我笑着。

“你不知道这几个月鲁杰对你的思念可是像滚滚长江水啊！”马海洋看着鲁杰。

“你书不是读的不多吗，怎么还会用这么高深的比喻啊！”鲁杰一手抓住了马海洋的脖子。

“哎哟，好了好了，不说了。”我们三个人一下午就在中戏附近的胡同走了走，吃完晚饭后，我就让鲁杰和马海洋先回去了，“你们都陪了我一天了，赶紧回去休息吧！”

“赶紧回去吧，明天再说！ 我也回宿舍睡觉了！”鲁杰还想说什么，被我挡了回去，一步三回头地向校门口走去。

“不知道赵英雄现在在干嘛。”送走了鲁杰他们，我躺在床上胡思乱想着。 分开还不到48小时，我居然有点儿想念起赵英雄。

回来的这两天，鲁杰每天都是一大早就来找我报到，陪我吃饭、在校园坐着，然后赶最晚一班车回去。 这样的生活就像是我刚进大学一样，只是我知道我现在的的心情已不再像当初那样平静。

“拍戏的时候有没啥好玩的事情啊？”鲁杰问我。

“啊，你说什么？”回来的这几天，我和鲁杰在一起的时候，老是走神儿。

“你在想什么呢，老是心不在焉的样子！”鲁杰有点不高兴了，“我问你拍戏时有没有好玩的事情。”

“哦，没想什么。农村拍戏很苦呢，哪有你想的那么多好玩的事情。我光是跟着村里的媳妇儿挑水、喂猪就跟了好多天。”

鲁杰显然觉察出了一点什么，但是他什么都没说。这天我们吃完饭他就说第二天要演出，要早点回宿舍，我也没留他。

第二天一大早，顾晓军突然一个人到学校找我。

“你和鲁杰没事吧？”他问我。

“没有啊，怎么了？”对晓军的话我感到很奇怪。

“他昨天晚上很晚了找我和海洋出来喝酒，喝得醉醺醺的，问他有什么事情他也不说。现在估计还在宿舍睡觉呢！”顾晓军说。

“他今天不是有演出吗？”我问。

“没听他说起过。没什么事就好，我担心所以过来问一下。你有空的话去宿舍看看他。”顾晓军说完就走了。

我知道鲁杰一定是觉察出了点什么，但是在我和他解释之前，他一定一句不好的话都不对我说，这让我更加难受。可是现在我能和他解释什么呢。

我坐了车去鲁杰的宿舍找他，他果然还在床上睡着。

“不是说今天要演出吗？”看着他因为酒精而发青的脸，我很心疼。

“那个，早上又通知说不演了。你怎么过来了？”他什么都没说，但是对于我到宿舍的造访还是很高兴。

“我明天要回剧组了，过来看看你！”我抱着鲁杰，鲁杰愣了一下，也伸出胳膊把我抱进怀里。他粗壮的胳膊把我抱的有点喘不过气来。

“到剧组记得要多吃一点，看你现在瘦的，都能摸的着骨头了！”我点点头，鼻子一酸，强忍着没把眼泪滴下来。

“快点穿衣服，我们去吃饭。”我推开鲁杰，催促着他赶紧收拾。

我陪鲁杰吃了个午饭后就坐车回学校了。

贰拾肆

“方晴，你可回来了，有个人在系里的办公室等你半天了。”我刚进宿舍，就听见了老大的声音。老大是寝室长，我们不叫她名字都直接管她叫老大。

“谁呀？”我问。

“我也不知道，刚才从系里回来的时候，正好看到有人找你，我说你不在，他说他在那等会儿。你快去看看吧，也没多大会儿工夫，应该还没走。”老大说。

我赶紧下楼跑到了系里的办公室，“建军大哥？你怎么来

了？”我一推门，看见洪建军正坐在里面悠闲地抽着烟。

“哎呀，你可回来了，哥哥可是在这儿恭候很久了！”洪建军见了我这话就没正经过。

“就你一个人？剧组其他人呢？”我没理他的话。

“我一个还不够啊，你还想谁来啊？莫非是赵导？”洪建军不怀好意地笑着。

“没有，瞎说什么呢！”我不知道洪建军是不是凑巧提到了赵英雄，但我的脸却腾地红了。

“行了，不逗你了。这几天休息好了吧。我们在北京忙了几天电影的事，明天就得进组了，我这不是来找你带我到处逛一逛嘛，有空没？”原来洪建军是开玩笑，刚才可把我吓了一跳。

“当然有了，我可是很好的导游呢！”说着，我和洪建军就走出了办公室。

“我们到什刹海走走吧？”我征求洪建军的意见。

“听你的，我也就是今天下午休息，随便逛逛就好。”洪建军说。

我和洪建军沿着什刹海散起了步。

“你们这几天都在忙什么呀？”我问。

“唉，在忙电影的事情啊，趁着在北京，跑了好多个单位，腿都跑细了，不像你能在学校好好休息几天。”洪建军笑笑。

“哦，那么忙，那赵导没和你们一起去跑？”我很想知道赵英雄这几天在干吗，但又不好直接问，担心被他听出来。

“当然了，主要是他带头在跑。”洪建军说，“连嫂子和他女儿来了，他都只陪了一个晚上。”

“他爱人和孩子来了？”我问。

“是啊，从拍戏开始就没见了吧，应该要过来看看。”看来赵英雄的爱人答应了赵英雄的建议，到北京碰面。

“好不容易来一趟，也不多陪一下？”我继续问洪建军。

“是啊，我说让我们去跑，让赵导多点时间去陪嫂子和孩子，可赵导偏不要。听说嫂子昨天都生气了，提前一个多星期到北京，居然就跟赵导见了一晚上。剩下的时间，赵导都让卓非凡和他女朋友陪着母女俩。”洪建军说着说着意识到自己说太多了，他赶紧补充道，“你可别跟别人说啊，我也是听说，赵导可不喜欢说家里的事情，更不喜欢别人说。”

我点点头没说话。

贰拾伍

在北京休整了三天，《酒坊》剧组转战西北影城继续取景，剧组打算在一个月之内结束拍摄。

第二天一大早，我依旧在学校门口等着剧组的车子来接我。像是第一次去织县一样，还是同样的情境，同样的车子，可再次在车上见到赵英雄，只是对望的瞬间，我就已经感觉到我们之间再也不是第一次相见时单纯的感觉了。只是三天，我仿佛觉得和赵英雄像是三个月没见，我不知道他是不是也这样想着我。即使不算是思念，偶尔的牵挂也好。

赵英雄的旁边照例空出了一个位置给我，没有了第一次坐在

这里的坦然，我一路上和赵英雄并没有说什么话，只是我仿佛能清晰的感觉到他的心跳声。

西北影城剩下的戏份并不多，拍摄也很顺利，剧组到处都洋溢着快乐的气氛。

“赵导，你看那边是不是卓非凡啊？ 是不是来找你的？”片场正在拍戏，赵英雄顺着林志成指的方向看去。

“还真是！”赵英雄放下手里的活走了过去。

我也顺着林志成手指的方向望去，只见一个男人穿着雪白的短袖的确良衬衫，五官饱满，额前的头发有着一个明显的额尖儿，正和三四个人一起左看右看，和赵英雄不同，他的身上有一种诗人的气质，我想那个就是著名导演卓非凡吧。

“非凡，非凡！”赵英雄边走边叫，“你们也来这了啊？”

“嘿嘿，我正准备忙完找你呢，前两天在北京你不是告诉我《酒坊》在这儿拍嘛，我就专门过来看看你，顺便也看看景，我的电影还剩一点儿，但需要换个地方拍！”卓非凡笑着说。

“呦，那我得好好谢谢你！ 待会忙完了，咱们好好喝一杯。”赵英雄说。

“好啊！”卓非凡说。

赵英雄和卓非凡从《高原》以后就没合作过，但两个人私底下的联系还是挺多的。

“方晴，待会跟我去见下卓导，他可是国内一流的导演啊，机会难得！”傍晚收工后，赵英雄走过来和我说。 这一次回到剧组，赵英雄和我似乎有说不完的话，干什么都喜欢把我叫上。

“嗯。”我答应了一声就跟在赵英雄的后面去找卓非凡。

“给你们介绍一下，这个卓非凡，中国现在最著名的导演！”赵英雄说。

卓非凡一摆手，“都老同学了还给我戴高帽子。”

“这是方晴，《酒坊》的女主角，也是未来最红的女明星！”赵英雄接着说。

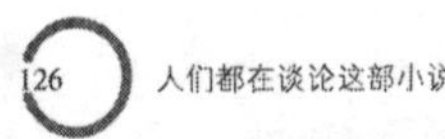

我被说得有点不好意思，“卓导您好，很早前就看过您执导的片子了，很崇拜您，我现在还在中戏上学，别听赵导瞎说。”

卓非凡笑了笑，“赵英雄我太了解了，眼光独到，能被她挑中当女一号不简单哪！”

赵英雄叫了一些啤酒上来，准备好好地和卓非凡喝几杯。

“你们是不是很久没见面了？”我说。

“是啊！ 卓大导演很忙啊！ 听说最近在边拍电影，边等着出国？”赵英雄有些感慨。

“嗯，去美国的事情我已经申请了，就等电影拍完，看看能不能批下来。 该是出去走走的时候了，我觉得从《高原》以后，好像有一种被定型的感觉。”卓非凡对着赵英雄说。

“哦，您的《高原》我看了，影片的画面确实很震撼，没想到讲故事有的时候也可以不需要语言，直接用画面来表现的。”我插话道。

“我就说这丫头不简单，一句话就能看到本质。”卓非凡听我说完后不住地点头。

“我挑的人能错吗？”赵英雄有点得意，他的话让我心里感觉很踏实。

“那部片子确实在视觉上做到了极致，起码到现在都没有一部能超越它的。”赵英雄说。

“那倒是，估计那时候魏忠国也是因为看到了《高原》才把你拉回去，不然你现在还待在南方的小城过悠闲的生活呢，哈哈！”卓非凡说。

“魏忠国是谁？”我问。

“魏忠国可是赵英雄的伯乐啊！”卓非凡说。

“伯乐？”我有点儿疑惑不解，那段故事我倒是没听别人提起过。

“魏忠国是长安电影制片厂的厂长，也就是我现在的领导。”赵英雄说，“当时拍完《高原》之后，魏忠国找到了我，想调我回长安。长安是我自己的家乡，我当然也想回，但是当时海州电影厂也待我不薄，我不想对不住他们。于是我就想了个办法，拜托魏忠国先把我爱人调进厂里，然后自己再和海州电影厂说要和妻子团聚，这样的理由也比较容易让人接受。当时魏忠国一口就答应了，为了我那可是顶着压力花了血本。不久后，我就按照原计划被调回了长安电影厂。后来的很多电影的道路都是他帮我铺的，《水窖》里那个男主角也是他帮我争取的，说起来确实是我的伯乐。”

“对了，说到《水窖》，最近在全国的各大影院可都是来势汹汹啊，你看了没？”卓非凡问赵英雄。

“最近一直在忙着拍片子，还没时间看。”赵英雄说，“反响好我就放心了。那时候魏忠国找我去演，大家都没底儿。我在农村体验了将近一个月，穿着农民的旧衣服，吃他们做的饭，睡在他们的炕上。我还和他们一起去山上背石头，人一下子瘦了二十多斤。可也得坚持呀，不然第一次拍戏魏忠国就坚持让我当男主角，拍不好怕是辜负了他了。”

“以前只知道他摄像摄的好，这三个月来我又知道了他导戏也导的好，今天才发现他连第一次演戏都能演那么好！”我和卓非凡说，赵英雄这个西北汉子殚精竭虑地做着每一件事，让我的心再也平静不起来。

“那当然了，我以前的摄影师我能看错嘛！”卓非凡骄傲地说。

“你赶快去国外学习点先进的东西回来吧，好给我们也补充点儿新鲜的氧气。”赵英雄和卓非凡说。

“是啊，等我这部戏拍完，可能手续就办下来了！”卓非凡说。

那天晚上，赵英雄和卓非凡都很高兴，两个人一直喝酒聊天到深夜才各自回去。

贰拾陆

《酒坊》在西北影城只拍了二十多天的时间就拍完了。这次是《酒坊》真正的关机，剧组的演员们都在一一告别。

“这一走，不知道我们两个啥时候能再在一起演戏。”我和张斌说。这四个多月的拍摄，张斌给了我很大的帮助，没有他的启迪，我想我对于电影的把握可能也没现在这么精准。

“嘿嘿，行了，别伤感了，以后一起演戏有的是机会。别以后你出名了，不跟咱合作就行了。”张斌说笑着。不过，从那以后，我和张斌还真没再找着机会合作过。

和所有的演员都告过别，我唯独没和赵英雄说，因为不知道要怎么开口。

晚上赵英雄来找我。“方晴，明天就回学校了吧？”

“是啊，落下好多课，得抓紧时间回去补了。”我说。

“待会早点休息，明天还得赶路！”赵英雄说完，定定地看了我好久，好像要把我永远印在他的眼睛里，然后轻轻地和我道了声“再见”，有些不舍还有些落寞。

“再见！”我也和赵英雄说。心里好像有千言万语，但却不知道还能说什么。

再次见面的这二十多天，我和赵英雄有了太多心照不宣的感觉，在他深邃的眼睛里，我似乎已经看到了想要寻找的答案：分别只是短暂的，再次相见却是那么的笃定。只是这样的欣喜总是被横跨在我们中间的太多理不清的东西销蚀着，它们像是一条长江那么长，一条黄河那么宽，河里的水很浑浊很湍急，我们还没办法跨过去。我不知道这样的相见是不是要我用一生去等待，也不知道为了这样的相见要付出什么样的代价。然而在分别的那一刻，我只奢求赵英雄也曾经和我抱着同样的渴望，那就够了。

看着赵英雄的背影，我深深地呼吸了一口夏夜的空气，有点潮湿，但是很甜，混合着不远处青草的味道，缓缓地在我的身体内蔓延开来。

回到学校后，鲁杰正好在外地演出，我一个人在校园里享受了几天悠闲的日子。

也是在那几天的一个周末，我收到了赵英雄的信。

方晴：

电影拍摄完整整一个星期了，你回学校也一个星期了吧。 我最近在忙着电影后期的事情，回到厂里后还有一些别的事情够我忙活一阵子的。

其实我很早就想给你写这封信，却一直提不起笔来，不是没话说，而是有太多的话不知道从何说起。

方晴，我想我是喜欢上你了。 回来的这些天，除了忙工作，我只要一闲下来眼睛里脑子里就都是你，整夜整夜睡不着觉。 你扎着马尾辫在我面前跳动的影子，你穿着个小红棉袄认真拍戏的样子，你坐在大坝上额前的头发被风吹起来的模样，都像是昨天刚刚见过一样。

在织县的时候，有很多次我都透过窗子看着你的房间，看着你在灯下研究剧本的影子，但是我不敢去打扰你。有的时候我都嫉妒张斌和洪建军他们能随时随地和你说上话。从织县离开的那个晚上，我的心都空了，我不知道那次的分别意味着什么，当我在麦场上期盼你的出现时，你真的来了，就像是做梦一样，我多么希望能和你就那么坐着，一直到月亮下去，太阳升起。

在遇到你之前，从来没有一个人那么地懂我，你理解我的生活，理解我眼中的艺术。你用你的方式表达出了巧儿的一生，表达出了我要的感觉，能让你演《酒坊》是我的幸运。我会怀念着拍摄《酒坊》的点点滴滴。

方晴，不知道命运还会不会再给我这样一个机会。可如果他已经没收了这样的机会，那何苦又要让我遇见你。我不知道现在对你说这些是不是有些过分，但是我怕再晚一点，我便没有了说出来的勇气，那将可能成为我一辈子的遗憾。

英雄

我坐在校园里的一棵柳树下，一口气读完了赵英雄的信。信

很短，但是我却读了很久很久。每一个字都深深的刻在我的心里。我的思绪一片混乱，心也像是在一条曲折的隧道中穿梭，久久找不到方向，我不知道赵英雄的心也这么痛苦。我的眼泪在眼眶里打转，我开始像祥林嫂一般埋怨起自己，为什么要去试镜，为什么要去拍《酒坊》，为什么要让自己遇见赵英雄，为什么又要在遇见之后这么无奈……我的头埋在了膝盖上，一点力气也没有，心像是被挖走了一样，肩膀开始随着眼泪大滴大滴的滑落而剧烈地晃动起来。他是有家庭的，还有一个可爱的女儿，我也有爱了我十几年的鲁杰，我一个都不能伤害。可是我放不下赵英雄，一想到他的痛苦，我连呼吸的力气都没有了。我该怎么办？我问自己。

在树下啜泣了很久，我红肿着眼睛带着哑哑的声音把自己拖回宿舍。一整夜，我都在梦里的森林里奔跑，风穿透树叶，带着呜笛呜笛的声音，阴森恐怖。我浑身发冷，瑟瑟地抖成了一团。黑洞洞的森林中间只有一个小屋亮着昏黄的灯，我拼命想要跑到那片温暖的地方，但是森林里一条条干枯的树枝却像蛇一样缠着我的腿，绊着我的脚，想走却一步都挪不动，想喊却一声都发不出。

早晨被梦惊醒的时候，我额头上渗出了一层密密的冷汗，冰凉冰凉的。

我定了定神，拖着疲惫的身体起床准备去上课。

赵英雄的信在我的口袋里躺了三天，我的心也跟着挣扎了三天。 信里的每一个字我都牢牢地印刻在了心里。

第四天的时候，我终于下笔给赵英雄回了一封信。

英雄：

你的信我已经收到，拿了三天，却不知道要怎么回信。

人生有的时候真的很奇怪。 在某一时间，在某个转角，我向左，你向右，我们不期而遇。 对视的那一瞬间，仿佛有一世那么长，再到我们要离开的时候，心都交换给了彼此。

每个人的生命里不一定都会在正好的那一时间、那一转角、遇到了转角的他，能遇到你我是多么的幸运。

无数次，我在偷偷看着你微微弓着的背影，想替你去分担；无数次，我轻轻地看着你布满皱纹的额头，想替你抚平。 我总也不知道为什么能那么懂你，但我像是已经跟你在一起三十年一样那么熟悉。 在这之前，我从来没想过你也在牵挂我，只要看到你黑黑的眼睛中清晰地印着过我的影子，我就已经满足了。

人的生命只有一次，我也不知道命运会怎么安排。 爱情脆弱的就像是一个泡沫，一触即破，所以我愿意给我一次机会，好好把握。 我不想有一天看到泡沫破了，看到遗憾生根发芽开出了花朵，才开始后悔当初。

方晴

在那一个个蓝色的钢笔字刚劲有力地落在信纸上的时候，我的决定似乎也慢慢地坚决起来。

贰拾柒

“方晴，鲁杰在楼下等着你呢！”刚刚打水回来的老大告诉我。

我出宿舍门一看，鲁杰正在楼下焦急的等着，我和老大打了个招呼就跑了下来。

“你回来我都不在，想我了吧，看你这几天，怎么都憔悴了一圈啦。”鲁杰每次见到我都会十二分的兴奋，虽然我看得出他刚演出回来还带着一身的疲惫。

“演出结束了？ 什么时候回来的？”我没接他的话，我不知

道要怎么说。

“昨天晚上一点多才到宿舍，今天一大早就过来了，就怕你太想我，哈哈！”鲁杰并没有注意到我有什么不对劲的地方，在他看来，我如果因为思念而憔悴，那一定是因为他的关系。

我有点尴尬的笑了笑，手不自然地揣到了裤子的口袋里。

“那个，我……”我想和鲁杰说什么，可是又一下子觉得说不出口。

“别这个那个的了，我们今天得找个地方好好玩一下，再一起吃顿好的，为你拍戏杀青庆功。”鲁杰拉了我的手就要走。

“哦，我下午还有课，不然，我们在校园里逛一下，吃了午饭你也先早点回去休息吧，这么多天在外面演出也累的够呛。”我不知道自己有没有勇气和鲁杰说出来，可是不说又这么待在一起，我的心里很过意不去。

“刚才你们宿舍的老大不是说今天都没课吗？”鲁杰有点奇怪。

“哦，是选修课，我们选的不一样。”我随便找了个理由。

“哦！”鲁杰应了一声，因为不能陪我那么长时间，他有点不高兴。

“别不高兴了，我们去校园里走走吧，好久没和你在校园里逛了。”

“好啊！”鲁杰答应着。

我和鲁杰喜欢在校园里散步，不光是因为环境好，更重要的是每次鲁杰说的奇闻趣事都会让我笑的前仰后合，特别开心。 可是今天，不管鲁杰给我讲他们演出时多好笑的事情，我就像是丢了魂一样，每次都只感觉到脸上的肌肉在僵硬的笑着，到后来，脸都有些僵了，嘴唇像是粘在了牙齿上。

“方晴，你是不是有什么心事啊？”鲁杰自己也觉得说着没意思了。

“没有，应该是拍戏还没缓过来，身体有点累。”我安慰鲁杰。

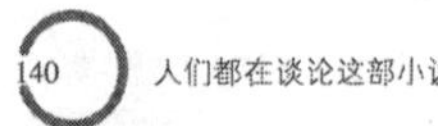

鲁杰没再说话，我们俩就默默地在僵硬的空气中走着。

中午和鲁杰一起吃饭，我端着碗，看着坐在我对面的鲁杰。

他还是那么阳光，那么英俊，虽然脸上有一点点疲倦，但这一点都不会影响到他的俊朗。 他几乎陪伴了我从懂事以后的所有记忆，从我五岁开始到现在，每一点回忆中都有他的模样。 他深爱了我十几年，那是人生中最单纯最宝贵的岁月，到现在他的爱也一点都没变。 我们把甜蜜从逢台一直带到北京，我们曾经精心布置着属于我们的未来，可是，现在，我却感觉到他那么陌生，感觉到我们十几年的感情那么缥缈。

难道以前的爱不叫爱?

可如果是爱，我为什么能轻易地要说放弃。

饭粒像是一根根鱼刺梗在我的喉咙中，咽也咽不下去，吐也吐不出来。

送走鲁杰的时候，我从他的脸上看到了一丝惆怅和委屈。 上次从织县回来后他的难过，早已经在我临走时在宿舍给他的拥抱中消失的无影无踪了。 他并不是一个健忘的人，但对于我，不管我做了什么错事，哪怕我还没行动，他只要在我的表情里看出来我有道歉的想法，就会一股脑地把我犯的错误全部忘记，一点痕迹都不留。我不知道他现在是不是也在期待着我的这种表情，但是我却没法欺骗自己。

过了两天，是个周六，鲁杰像没事人一样照例来学校找我。我约了马海洋和顾晓军一起吃饭，免得尴尬。

在马海洋和顾晓军面前，我和鲁杰一如既往地过着情侣的生活，只是我总是在走神中被鲁杰和马海洋他们一次次拉回现实。

鲁杰这天吃过晚饭就回去了，没再和我腻着。他走的时候拉着马海洋和顾晓军一起，我不知道鲁杰是不是和他们继续去喝酒了。

我一夜失眠，直到看到太阳初升上来时的惨白光圈时，才昏昏沉沉地睡了过去。等醒来的时候已经到了中午。这天，周日，鲁杰破天荒没有到学校找我。

赵英雄的信应该是在周日的早晨到的，我中午醒来的时候他的信已经不安分地躺在了我的桌子上，信封上他那苍劲有力的大字，飘着快乐。

我一只手倚着床，另外一只手从桌上抓了信来，这是我给赵英雄回信后的这段时间来最快乐的一瞬间。

赵英雄的信还是很简短，但在我看来那是因为句句有力，没有一句废话。他在信中说，看了我的信之后给了他很多勇气，他的命运从出生就不是平坦的，那么多坎儿都在自己的努力下跨了过去，这次他也决定要为了自己再活一次。不管命运要不要再给他这样的机会，他也愿意像我一样给自己一个机会。

看完赵英雄的这封信，我的心慢慢高兴起来，似乎自己已经奔跑在宽阔的田野间，金黄金黄的麦苗随着风温柔地倒着，路宽广的没有尽头。在这样的中午，我把信看了一遍又一遍，信上炙热的文字温暖着我的心，鲁杰暂时被我放在了脑后，赵英雄的家也被我忘记了，我躺在床上盖着被子笑起来。

我并没有给赵英雄再回信，他说过几天他会来看我，我开始盼望着和他的见面。

贰拾捌

“你给我推快点，别磨蹭！”地上的雪已经下了厚厚的一层，被路人踩出来的脚印很快就又被抢着砸下来的雪盖上了，我只穿了一件的确良的无袖褂子和短裤在雪地上拉着煤车，肩膀已经被拉出了一道道鲜红的印子。

鲁杰在我身后拿着皮鞭，随着大片大片的雪花洒在煤车上的节奏，抽打着我的小腿。每一次我的身子都在皮鞭的抽打下栽倒在雪地里，然后再费力地站起来。

鲁杰的脸并不是我认识的那张英俊的脸了，扭曲的五官不对称的皱在一起，像戴了面具一样。不管我在雪地里怎么喊

他，他都只会用皮鞭和我说话。刷刷的清脆响声，震彻天空。我的心一阵一阵痉挛着。

还只是半夜三点，我又被这样的梦惊醒，浑身好像真的被打过一样，生疼生疼的。不知道是怎么了，我已经连续几天做着类似的噩梦，梦里鲁杰总是变着方式折磨我。

鲁杰已经有快一个星期没和我联系了，这在以前是绝对不可能发生的事情，但是现在我却没有勇气主动联系他，也宁愿他没有出现。我不知道要怎么面对他，十几年的感情能一下就这么结束吗？难道一直以来我以为的爱情只是一种陪伴？我自己也不确定。只是现在的我，竟然渐渐遗忘了过去我们在一起究竟是怎样的一种感觉。

“本报讯凭借在电影《水窖》中的精彩演出，赵英雄在刚刚落幕的日本电影节上摘得最佳男主角的桂冠，这是中国第一个国际影帝。而据了解，目前已经成为导演的赵英雄，在《水窖》中是第一次以演员身份加盟该片的。”

我正在学校的阅览室里看报纸，一则新闻引起了我的注意。

“赵英雄成了国际影帝！”我内心惊叫着，真想告诉旁边的同学，像是我自己得了奖一样高兴。可环顾四周，大家都在安静的看着自己的东西，我不敢出声，却又忍不住兴奋，来来回回把报纸上的这条新闻读了好几遍，可好像还是不过瘾。我合上报纸，跑出阅览室，一口气跑到205宿舍找到了王美珍。

“赵英雄得了影帝！”我一见王美珍就高兴地没头没尾地说了出来，因为她是认识赵英雄的，我告诉她无可厚非，我想。

“什么影帝？哪里的影帝？”正在宿舍看书的王美珍有点摸不着头脑。

“赵英雄演的《水窖》在日本电影节得了最佳男主角，我刚在报纸上看到的。”我这才和王美珍完整的说出来，说完后喜悦的心情好像又增加了一倍。

“看把你高兴的，像你拿了奖一样。”王美珍笑我。

我扮了个鬼脸回敬她，心想自己拿奖可能都没这么开心！

仅仅是第二天下午，赵英雄就像变戏法一样站在了我面前。

“待会儿去干吗？去图书馆还是去逛街啊？”下午的课刚上

完，我和老大还有一群同学嘻嘻哈哈地从教室里走出来。

“我想去……赵英雄？”我正要回答同学的问题，余光却好像瞟到了赵英雄的身影。是不是想的太多出现了幻觉，我摸摸自己的脑袋，然后转过头来，仔细向前望去，一个黑色的身影站在前面的柳树下。穿着黑色的T恤衫，落日的余晖洒在他身上，亮亮的，连鼻翼的侧影也都生动起来，眼睛亮得像是在发光一样，整个身体都笼罩在了温暖的橙黄色中。

真的是赵英雄，这次我看清楚了。他正微笑着在柳树下望着我。

我站在了原地，和他隔着五米的距离，我们谁都没有动，就那样定定地看了一分钟。那一分钟那样漫长，像要把这几个星期的想念都包裹在里面，沿着五米的距离传递过去。

我听到了他对我的思念，我确定。

我开始缓缓地向他走过去，不过只有五米的距离，我却走了像是一年那么长。当我就那样背着书包站在他面前的时候，我的眼里满含了泪水。

“你怎么现在才来，怎么让我一个人在梦里承受那么多。”

我在心里想着，眼睛中夹杂着兴奋和委屈的泪水，无声无息地顺着我的脸颊滑下来。

赵英雄抬手摸着我的头发，就像是在织县离别的那个晚上，只是那双大手更加坚定。“别哭，有我在呢，别哭！”

贰拾玖

和赵英雄见面之后，我把所有的烦恼都抛在了脑后，像小孩一样，兴奋地环绕在他周围。

“待会我们一起去吃饭庆祝，洪建军他们几个人一直在北京忙着《酒坊》的后期制作，我刚刚把他们也叫上了，正在来学校的路上。”赵英雄刚刚从日本电影节回来，一下飞机就到学校来找我了。

“好啊！”我兴奋地说。

洪建军和另外一个配音师来的时候，赵英雄正牵着我的手在校门口等他们。

洪建军一下车便看到了我和赵英雄的手拉在一起，他眼里有些疑惑，不过什么都没说。

“恭喜恭喜，现在成国际影帝了！”洪建军转头恭喜赵英雄。

赵英雄只是笑笑，他不太习惯让人家夸他，总是在这个时候憨厚的笑笑。赵英雄肯定不知道他那样真诚的笑很迷人。洪建军转脸跟我打了一个招呼，但没有了往日一贯开玩笑的说话语气。

对于洪建军的冷漠，我没太在意。我想迟早有一天他会明白的。打过招呼，我们便向中戏门口的餐馆走去，就是我和鲁杰还有马海洋他们平时的聚餐地点，准备给赵英雄好好庆祝一下。

我和赵英雄依旧手拉手走到餐馆里，我的脸上一定露着幸福的笑容，像小女孩一样依偎在赵英雄的身旁。我完全没注意到鲁杰此时正好也在餐馆里，应该这么说，我在那个时候完全没想过鲁杰。

我和赵英雄他们挑了一个靠近饭店角落的位置坐下，正好四个人的座位，又比较安静。 我坐在赵英雄的旁边。

“《酒坊》的事情怎么样了？” 赵英雄边吃边问洪建军，不管是在什么时候，赵英雄总是把工作的事情摆在第一位。

“嗯，最近还比较顺利，我看你回来也不用那么辛苦了，再有一点时间就差不多可以完成后期制作了。” 洪建军说，“这次拿了影帝感觉怎么样啊？”

“你怎么还当了记者了现在？ 我这几天回答的太多了，现在我能保持沉默吗？” 赵英雄说道。

我被赵英雄的话逗得笑起来。 本来是庆祝赵英雄拿影帝的，不过从进门到现在，赵英雄都没提这个事情。

“你太不够意思了，是拿了影帝要摆架子了是吗？ 我要是当记者，你也得第一个回答我的问题才对呀！” 洪建军说。

“唉，当时也是豁出去了。 魏忠国把这么重的担子交给我，我不能撂下啊！ 再说我本来就是农民，这属于本色出演！” 没在拍戏的时候，赵英雄还是挺幽默的。

“那你《酒坊》当初也应该弄个农村媳妇儿来演，更真实，也就不用折磨方晴了，哈。”洪建军突然把话扯到了我头上，“我刚开始还真怕她给演砸了。”

“现在放心了吧，方晴的表现很到位，这还得感谢你第一场戏对她的严厉！”赵英雄毫不掩饰地在夸奖我。

“今天是给赵导庆祝的，怎么说着说着就扯到我这儿了。”我有点不好意思起来。

“还害羞了呢，”赵英雄侧过身子来看着我，顺手把我额前垂下来的头发扶了起来，在洪建军面前，他的眼神里充满了温柔。我知道赵英雄这次是真得下了决心，要为自己得决定而活，“等《酒坊》要是火了，到时候再给你专门庆祝一下。”赵英雄看着我说。

这让我更不好意思了，赶紧把话题引到了《酒坊》上。

“林导演现在在干嘛？”我问。

“他现在在干嘛我就不知道了，不过他那天在片场干了件好笑的事情，我可是忘不了。”洪建军还没说自己就笑了起来，“你们记不记得，当时是拍哪场戏的时候，要清场，村

里王大爷他们家的鸡和鸭偏巧在那个时候闯了进来，一进来还就不走了，鸡鸭都踱着步子从容地走来走去，就林志成一个人是左手赶完了鸡，右手又得去赶鸭，赶得急了，那花公鸡还跳到了林志成的背上，把他吓得不轻啊，连着好多天，看见鸡就绕道儿走。”洪建军眉飞色舞地讲着，“我说你们这帮人还真缺德，没一个人上前帮忙的。”

“那你怎么也不去帮呀？”赵英雄说。

“唉，我这不是平时没见过知识分子赶鸡赶鸭嘛，想看个新鲜，没想到还真被吓着了。”

洪建军绘声绘色地描述把大家逗得都不行了，我前仰后合地笑着，随着笑声乱颤的身子还不时地能碰到赵英雄的胳膊。

我并不知道，这个时候，鲁杰、马海洋和顾晓军都在另外一张桌子上看着我们，我开怀大笑的侧脸正对着鲁杰的眼睛。

“你这个王八蛋勾引我女朋友！”正在我忘情大笑的时候，一个熟悉的声音在我身后响起，我的身体像是被针扎了一下，“是鲁杰！”我当然能听得出来。

就在我刚刚反应过来，准备转头的时候，鲁杰已经红着一张脸，趔趄了几步站在我们面前，揪起了赵英雄的领子。

鲁杰应该是喝了不少酒，嘴巴里喷着浓重的酒味，连重重的呼吸里也充满了酒精的味道。鲁杰平时深邃得眼睛像要暴出来一样，凸起着，脖子和手上的青筋也一段一段地支楞着，甚是吓人，我从来没见过他这个样子。马海洋和顾晓军就站在鲁杰身后，面无表情。

“你是……”赵英雄被鲁杰揪着衣领子卡着脖子有点说不出话来。

“鲁杰，你放手，他是……”鲁杰压根没准备听我解释。

还没等我把话说完，鲁杰松开赵英雄的衣领子，迅速一抬腿来了一个极标准的侧踢，一脚就踹在了赵英雄的脸上。赵英雄鼻子里的血喷了出来，落在了黑色的 T 恤衫上。没想到鲁杰平时练的舞蹈功力都用在了这个上面。

我赶紧使出了全身的劲儿一手拽开鲁杰，另一手挡着赵英雄，让他往后站。显然赵英雄已经明白了眼前这个人是谁，洪建军和另外一个朋友挽了袖子要就对付鲁杰，赵英雄弯着腰一手堵着鼻子里正往外冒的血，一手赶紧摆了摆示意洪建军他们不要管。洪建军不明白为什么要阻止，但也不好违抗赵英雄的意思。

正当大家僵持着的时候，鲁杰却是急红了眼，把我拽到一旁，又一脚踢了过去，赵英雄顿时捂着肚子蹲在了地上。

鲁杰动完手，一把拉着我就往外走，马海洋和顾晓军在后面跟着，我毫无反抗的力气。 我勉强扭头看着洪建军他们把赵英雄扶了起来，一脸痛苦的样子，我的眼泪止不住地流了下来，早已经忘记鲁杰还生疼地掐着我的胳膊。

叁拾

“到底是怎么回事，是不是他非要逼你的？”鲁杰一直拖着我回到了校园里才松手，我胳膊上的五指印儿像是嵌进了肉里，究竟是用了多大的力气，鲁杰像一只遇到猎物的老虎一样朝我咆哮着。

我没办法解释，也不知道要说什么，我更不能责怪鲁杰刚才对于赵英雄的伤害：“鲁杰，你喝的太多了。”我伸手想要去摸一下他的头，让他安静下来。

鲁杰像是触电一样躲开了我：“你别管我！ 我问你是不是！回答我！”鲁杰的每一句话都在这安静的夜空里回荡好几

遍，再落到我脑子里的时候，声音还是大的让我发抖。

我的大脑一片空白，我不知道怎么把这三个月来发生的事情告诉鲁杰，不知道怎么来描述我和他这十几年的感情。这一刻我选择了逃避。

在相视对望了一分钟后，我不敢再看鲁杰那双眼睛，虽然因为酒精和愤怒的缘故，眼睛里充满火光，但是依旧是那么单纯。

我和马海洋说："让他回去好好休息一下！有什么事情等酒醒了之后再说吧！"说完，我转身离开了这个地方，也离开了我和鲁杰十几年的情感。

我拖着沉重的步子向宿舍走去，每一步似乎都重重地踩在了我和鲁杰的身上。我知道这一刻我的离开，就已经让我们的感情无法挽回了。我听到身后传来鲁杰近乎绝望的哭喊声，嘶哑的声音夹杂着从喉咙里带出的含糊不清的字，让我毛骨悚然。和鲁杰待在一起的这十几年中，我从来没看到鲁杰哭过，哪怕只有一次。他从来都是我用来依靠的肩膀，不管发生什么事情，都有办法解决。但是这次，鲁杰在我面前却是那么的无助。我的心像是被针扎一样的难受。

不知道走了多久，我终于把自己的身体重重地放在了床上。我将头无奈地抵在宿舍的桌子上，任眼泪无声无息地淌下来，止都止不住。

我知道我喜欢上了赵英雄，但是对于鲁杰十几年来的感情也不是过眼云烟。我怕我对鲁杰说出分手后，不仅毁掉了我们十几年的感情，更背叛了我们对于爱情的信仰和忠贞。和鲁杰的爱情，曾经被我认为是我这一生中唯一的一份爱情。

我趴在桌子上迷迷糊糊地睡了过去，等到睁眼的时候，已经是黎明十分。鱼肚白的天空中一边挂着下沉的月亮，一边悬着刚刚冒出来的太阳，就那样惨白惨白地横在天空的两端。我挪回床上，一整夜趴在桌子上，胳膊和腿都有些僵硬，头也有点疼，我准备再在床上躺一会儿。

可沾上枕头我却怎么也睡不着，再次睁着眼睛看着窗外，好像只一眨眼的工夫，天空就升起来了半个太阳，月亮已经不见了，天边泛着毛绒绒的一丝金光。“总要有个选择的，”我想，“就像太阳将在白天永远代替月亮一样。”

不知道赵英雄的伤怎么样了，严不严重，不知道鲁杰怎么样了，是不是还在哭，这样的问题在我的脑袋里盘旋了一整天，我没吃东西，就那么躺着，像是要迎接世界末日一样。

“方晴，你怎么还没起床，生病了？ 怪不得，鲁杰都在楼下等着了，消息比我还灵通。”老大上完下午的课回来，一推宿舍门就看见我半死不活地躺在床上。

“你说鲁杰在下面？”我吃了一惊。

“对啊，怎么了，他不是经常在下面等你吗？”老大有点奇怪地看着我，“你是不是发烧了，脑袋也不清楚了。”她的手放到我额头上摸了摸。

“没有啊，凉冰冰的。”她自言自语道。

“鲁杰有和你说什么吗？”我边问老大边坐起身来。

“当然是要我叫你下去了，你怎么奇奇怪怪的啊今天。”老大看着我有点不解。

鲁杰不知道已经在下面等了多久了，今天宿舍里的人都去上课了，老大是第一个下课回宿舍的，他居然没让楼下的阿姨叫我。

我愣了一下，开始机械地穿衣服。 只有这一次，我听到鲁杰在下面等我的消息后心里不是迫不及待的高兴，而是担忧。以前就算是我们吵架，我也没有这种感觉，因为只要我一高兴地出现在他面前，他的气就全消了。

我穿好了衣服，一脸的憔悴走到了楼下。鲁杰就在那里一个人孤单的站着，好像一个晚上瘦了一大圈。我没敢看他，低着头走到他面前，等待着最后的宣判。

“昨天晚上没睡好吧，对不起，我来接你吃饭。”鲁杰就像是什么都没有发生过一样，丝毫没提我们之间的事情，这让我心里更加难过。

并没有等我说话，鲁杰就拉着我向校园外走去。

“啊！”鲁杰拉我手腕的时候，不小心碰到了昨天被他掐红的地方，还有点肿，我小声地叫了一下。鲁杰低头一看，拉着我的手放轻了很多，眼里充满了内疚。

一路上，我和鲁杰都没说话，但我的心一直在怦怦地跳个不停。鲁杰没带我到昨天的餐馆，换了一家餐馆点了些菜，等菜上来后，他也没怎么吃，一个劲儿地给我夹菜。可这时候我那里还能咽得下，越是看着鲁杰在沉默，在躲避，我的心就越是难过。

一直等着吃完了饭，外面的天也完全黑了下来。 鲁杰送我回学校。

走在路上，我的手心开始冒汗，不知道是紧张还是害怕，我想最后总得有一个人说出来，既然我有错在先，那就由我说出来好了。

我鼓足了勇气，把头转向鲁杰："鲁杰，我……"

"方晴，你别说，你别说，先听我说！"鲁杰急切地打断了我，"方晴，对不起，我为我昨天的鲁莽向你道歉。 赵英雄那里我也会去道歉，只要你肯原谅我。"鲁杰说的时候，似乎整个身子都在颤抖，"我知道都是我不好，你拍戏太辛苦了，可是我不但帮不了你，还给你添乱。 我昨天晚上想了一宿，我这三个月对你的关心太少了，你那么离不开我，以前有点感冒都是我来给你煲好汤送过来的，一下子我不在身边了，你怎么能习惯的了。 所以，以后这些事情我都会考虑到，我会做的更好的，不管你以后到哪里去拍戏，我都会每隔一个星期就去看你一次，给你做饭，煲汤，让你不要那么想我。"

鲁杰一口气说完了一大段话，像个认错的小孩，眼睛里带着乞求。 他紧紧地把我搂在怀里，就像我随时都会像空气一样跑掉似的。

“咳、咳，鲁杰你弄疼我了！”我有点喘不过气来，企图推开鲁杰粗壮的胳膊。

“你没事吧？ 我弄疼你了？ 真是该死！”鲁杰焦急地看着我。

他再也没有以前的自信了，看着鲁杰现在这个样子，我的眼泪吧嗒吧嗒地落了下来。

我轻轻地抱着鲁杰：“我们分手吧，鲁杰。”我用尽自己最后一丝力气把这七个字吐了出来。

鲁杰没有任何反应，环抱着我的双手无力的垂了下来，他用那双大大的眼睛看着我，似乎不明白我在说什么。

“鲁杰，我们分手吧！ 过去的一切我都会当作是今生最美好的回忆，感谢你陪我走过了人生中最快乐的十七年，我永远都不会忘记！”鲁杰木木地呆站在那里，听完了我最后一句话。 他表情平静的就像是没有一丝波纹的水面。

我放开了自己的手臂，放开了这个和我相恋了十七年的男孩，一个人向宿舍走去，只留下鲁杰还一个人站在月光下。

我不知道鲁杰后来是怎么回去的，我只记得我抬头仰望着那晚的天空，星星很多，但都环绕着惨白的光环，它们曾经是我和鲁杰对未来的幻想，每一颗星星都承载着我们对未来生活的一个共同的愿望，但是现在，这些星星却和浪漫、温馨永远失去了联系，夜空中透出的苍凉和悲怆煎熬着我的内心。

直到第二天、第三天，马海洋和顾晓军都没来找我，我知道鲁杰那天一定安全地回到了宿舍。

只是一直到我毕业，鲁杰再也没有在我面前出现过。

叁拾壹

和鲁杰的分手，虽然让我觉得内疚万分，但是最后能这么平静的结束，还是让我的心里坦然了不少。我想鲁杰总有一天也会想通，也能寻找到真正属于自己的爱情。我现在担心的是赵英雄不知道怎么样了？

在我还没来得及告诉赵英雄我分手的事情的时候，赵英雄先给我来了一封信。

方晴：

你现在可好？因为前几天的事情，我不想这么快到学校打扰

你，不知道你这几天过得怎么样？

那天晚上你被他们带走的时候，其实我的心已经跟你走了。我觉得人要活得自在，要勇敢地去追求幸福、爱情。虽然我现在才知道什么是爱情，但是还不晚，因为我遇到了你。不管摆在我们面前的困难有多少，我都已经下定决心换一种方式重新过自己的生活，去追求自己的幸福。

但是发生了那天晚上那样的事情，我心里还是有一点担心的，我不知道你的想法现在有没有改变。

方晴，我很想你！

英雄

看完信，我抑制不住内心的激动，我害怕赵英雄因为那天晚上的事情而退缩，我害怕最后只剩下我一个人在坚持。但是他在信中告诉我，我的坚持是正确的，是值得的。我迫不及待地给赵英雄回了信。

英雄：

每次看完你的信都会让我产生力量，我知道我没有看错人。

我处理完了和以前的男朋友鲁杰的事情，我们和平地分手了，你不要担心。不要怪我以前没告诉过你，只是在你的面前，我并不想提起过去的感情。相比我现在得到的爱情，我想和鲁杰之间更多的是一种不可分割的兄妹情，是一种相互依赖。他照顾了我十七年，在我最困难的时候给了我很大的帮助，就像哥哥一样，所以我请你原谅他的鲁莽，我代他向你道歉。

对于未来的爱情，我装着满满的期待。你是上天给我的礼物，如果我不在这个时候把你接住，我怕自己一生都会后悔。

我会给你时间处理好一切事情，真正开始我们之间的爱情。

方晴

我和赵英雄就这样迅速地陷入彼此温暖的怀抱中，甜蜜的像是回到了初恋。

赵英雄完成了《酒坊》的后期制作后回到了长安电影制片厂，我也在学校开始了正常的上学生活。没有了内心的挣扎，我整个人轻松了很多，心情也出奇地好。只是横在我和

赵英雄中间的弯弯曲曲的铁轨，让我时常感受着思念的滋味儿。

“方晴，电话！”这个学期上到一半儿的时候，我们学校在每栋宿舍楼的值班室安上了一部电话。

“哎，来了！”我边应声边往一楼的值班室跑，这电话一定是赵英雄的。因为逢台的家里没装电话，我和爸妈的联系都只是通过信件，我只把这个值班室的电话号码告诉了赵英雄。

“喂。”自从和赵英雄开始恋爱之后，我说话的语气每次连我都能感觉到温柔的要滴出水来。宿舍的老大也说很奇怪，我好像是重新转世投胎一样。我来不及顾及大家怎么说，只顾自己偷偷地开心。

“方晴。”赵英雄的声音听起来异常疲惫，哑哑的。

“你怎么了，声音听起来有些不对劲。”我担心地问着赵英雄，平时只要他给我打电话，声音里就透着兴奋。

“哦，没什么，可能昨天没睡好。你最近怎么样，厂里比较忙，我都走不开，也不能到北京来看你。”赵英雄极力掩饰着，但是我却好像看到了他一张憔悴的脸。

“你一定是有什么事情，我听你的声音就能听出来。 不管有什么事都好，一定要告诉我，不要让我担心。”我继续问赵英雄。

“我，”赵英雄有点支支吾吾的，“我昨天晚上和她大吵了一架。”赵英雄嘴里的她指的是他妻子邵玉华，他在我面前几乎不提他妻子的名字。

“为了什么事情？”赵英雄从来没说过他什么时候能和邵玉华分开，我也从来没有催过他。 毕竟这是两个家庭之间的事情，要真的分开并不像我想象的那么容易。 我早已经做好心理准备了。 既然不是提离婚，他们俩又为什么事情吵呢？

“她昨天在洗衣服的时候，看到我口袋里装着的你给我写的信了。”赵英雄说，“她问我是怎么回事，我也没瞒她。 我说我遇到了一个人，想要重新开始生活。 她昨天晚上哭天抹泪地和我吵了一夜，说我是陈世美，她为我付出那么多，到我功成名就了，就想把她抛弃了。 反正她说天塌下来她都不同意离婚。”听得出来赵英雄很无奈，他并不是要为了拖延离婚的时间而找借口。

我当然很想和赵英雄在一起，和他完整地在一起，但是在这个时候，我不能逼他做任何事情，为了他也为他妻子。当初我和鲁杰分手的时候，我们并没有结婚，但那种撕心裂肺的感觉我已经感受到了，我想一个为他扑前忙后，生了女儿的女人，更不可能说放弃一段感情就放弃，更何况她还爱着他。

“你也别烦恼了，等她平静一点，过段时间再和她说吧，不着急！”在这个事情上，我不能给赵英雄任何一点建议和意见，只是希望他不要为了这个太烦恼就好了。

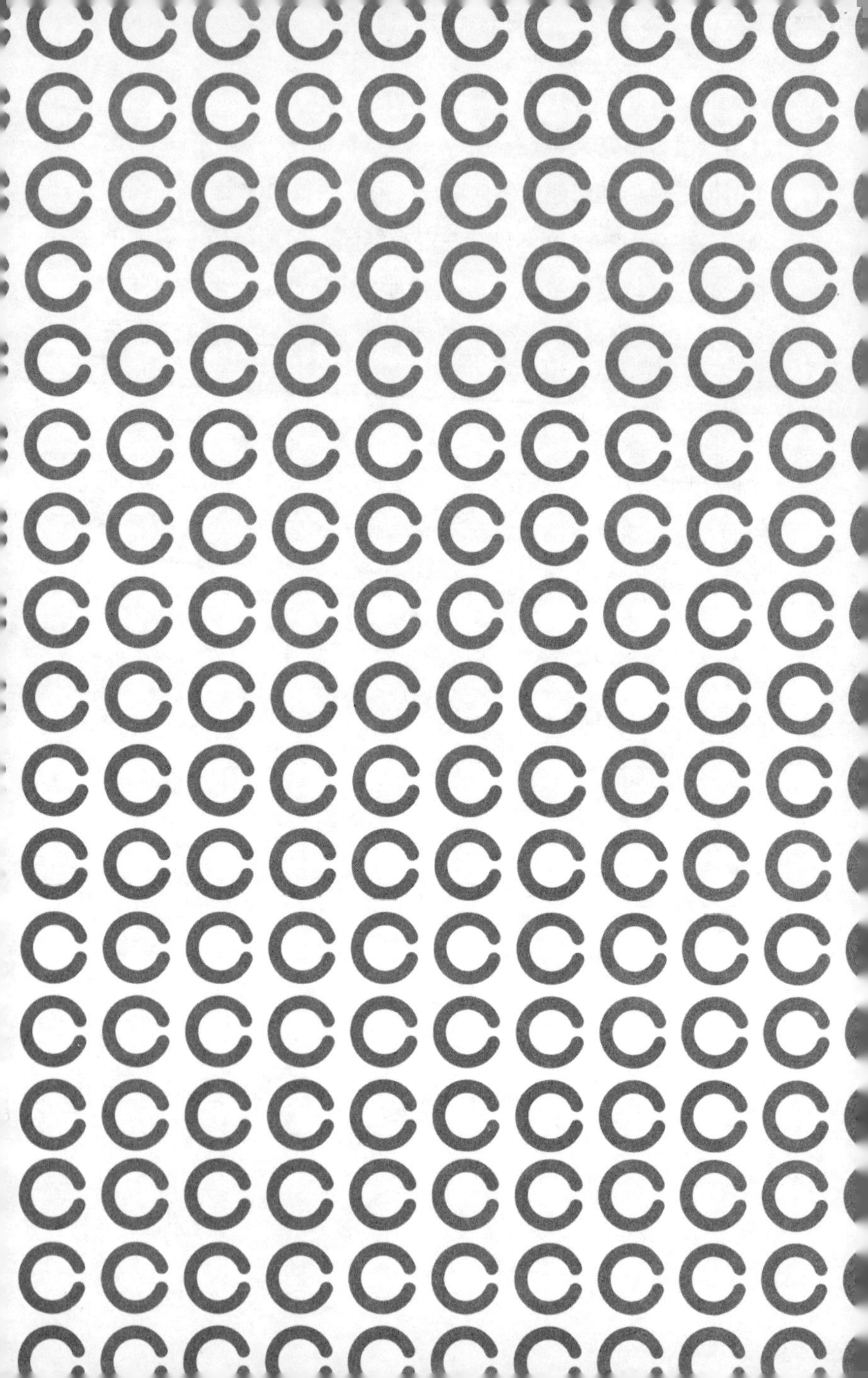

叁拾贰

赵英雄的电话打了没多久，林志成到中戏找了我一次。

在拍《酒坊》的时候，林志成一直都很严肃，他不像洪建军，在第一天摆了摆威严之后就像大哥一样的亲切起来，我对他一直有点敬畏。所以，他来中戏找我，我觉得有点奇怪，想着一定是有什么电影上的事情。

在中戏的食堂门口，我见到了林志成。冬天的哈气在他的镜片上涂了一层厚厚的白霜，林志成不像那些搞艺术的人，斯文严谨的模样倒像是学校里的教授。因为已经到了中午的饭点儿，我们就约在食堂边吃边说。学校已经快放寒假了，很多学生都考完期末考回家了，学校食堂里的人并不多。

我和林志成坐在一个角落里，我不知道他葫芦里卖的是什么药，心里七上八下的。

“最近怎么样，在学校上课比拍戏轻松很多吧？”我们一人点了一份面条，等着师傅给做。

“嗯，还可以。”我说。

“我今天到北京出差，顺便过来看下你。”林志成顿了一下，“也是有点事情想和你谈一下。”

我等着林志成接着往下说，自己并没有搭腔。

“你也别介意，我就直接和你说吧！”林志成说。

“哦！”林志成做了一大堆铺垫，我猜到事情应该和工作没关系，心里更是忐忑不安起来。

“是你和赵英雄的事情。”林志成接着说。 我没想到，我们俩的事情还和他沾上了关系。

“我不太明白您的意思。”我说。

“你还不知道？前两天你的男朋友，哦，不是，是前男朋友，打电话给邵玉华，就是赵英雄的妻子。把你们的事情和她说了一遍，说要让邵玉华好好地管教一下赵英雄。具体的细节我不太清楚也就不说了，不过邵玉华听了这个事情后的反应你应该能想象的出来，是五雷轰顶，她和赵英雄吵架都快吵到厂里了。”

“鲁杰打电话给她了？”我不管林志成知不知道谁是鲁杰，自己惊讶地叫了一声。

自从分手后，鲁杰就再也没找过我，我以为他已经接受这个事实了，可是他怎么会打给邵玉华，他怎么会有她的电话号码，他们究竟说了些什么，难道鲁杰根本没放弃我？我的脑子即使快速地翻转，也始终想不出这么多问题的答案。

“其实你们两个人的事情我不应该插手，只是我这次正好来北京出差，和赵英雄又是那么多年的朋友，不能看着不管。他现在的事业已经让他够忙的了，能有一个安定的家庭对他来说很重要，这点我相信你也知道。”林志成厚厚的眼镜片遮住了他的眼睛，我看不出来他的眼睛里写着什么。我不明白他为什么要专门跑来告诉我这件事情，不知道是不是和邵玉华有关，“所以我希望你也好好想一想，是不是非要这么做。他们夫妻的关系在我们看来应该没到决裂的地步吧，你也不想因为这个事情影响他的前途吧。”

我没想过这样的事情能影响到赵英雄的前程，赵英雄也没说过，我们不是为了更好的前程才在一起的吗，我不明白林志成为什么要这么说。

送走了林志成，我的心里空落落的，我不知道鲁杰接下来还会做什么事情，也不知道赵英雄那边怎么样了，可是现在我不能找鲁杰去问个究竟，也不能打电话把事情告诉赵英雄，让他担心。我只能一个人承受。

还好，离放寒假没几天了，我决定过两天考完试，就到长安去看看赵英雄。

我那时候还不知道，正在我忐忑不安的时候，赵英雄悄悄地做了一件大事。

叁拾叁

去长安的火车是晚上的，我在火车上过了一夜，兴奋地想着和赵英雄见面的场景。自从他上次被鲁杰打了以后，我们还没见面。虽然信件和电话始终不断，但是见面的愿望还是显得有些迫不及待。

上火车之前，我就开始盘算着要穿什么衣服、梳什么样的头发去见他，比第一次见他还紧张。我挑了件红色的呢子大衣穿在身上，在镜子前面端详着自己，掩饰不住的喜悦在身上跳跃起来。

火车上的一夜并没有睡踏实，一想到就要和赵英雄见面，困

意便一点儿都没有了。

第二天一大早火车就开进了长安车站，车窗外时不时飘着一点雪花，人们在车厢内抱怨着天气不好，可在我看来那些雪花分明就是在空中快乐地跳舞。 我整了整衣服，迅速地下了车向出站口走去，赵英雄说在那里等我。

天气阴沉着，寒风绕着弯儿在人群中急速穿梭，不放过任何一个人。 赵英雄很快出现在我的视线中，安静地暴露在冷冰冰的空气里，但还是那么精神。 我看到他的时候，他正一眨不眨地盯着我，脸上是一贯淡定的神情。

我挤着穿过人群，欣喜地站在赵英雄面前，嘴巴、耳朵和手都被冷风刮得僵住了。 他一手接过我的行李，一手递给我一双厚厚的新手套，上下打量看我，嘴唇在脸上划出了一道优美的弧线。 “知道你自己肯定不会照顾自己，这么冷的天连手套都不戴。”

我端详着赵英雄买的新手套，粉色的毛线手套上面还卧着两只俏皮的小猫，甚是可爱。 让他这个大男人买这个，还真不容易。 我赶紧套在手上，身子顿时暖和起来。 因为天冷的缘故，想给他一个微笑的嘴巴只能绷成了两条直线。 他拍拍我的脑袋，带着我高兴地走出车站。

赵英雄把我的行李放在事先已经定好的旅馆房间里，然后就带着我到长安的大街小巷里四处溜达。快要过年了，街上的商店都挂着红色的灯笼，一派喜庆的颜色，我们边逛边聊，任凭两个人的快乐肆意地在大街上蔓延着。

在一个陌生的城市中，牵着爱人的手，没有目的地的就这样一直走，这样的感觉曾无数次地出现在我的梦中，现在梦境终于变成了现实，而我此刻也真正感受到了恋爱甜蜜的感觉。

和赵英雄在一起的时间过得总是那么快，仿佛只走了一条街，天就已经黑了下来。一整天，我们谈电影，谈他的工作，谈我的学习，唯独没有将话题引到赵英雄和邵玉华的事情上来，我也并没有提起林志成去学校找我的事情。看到赵英雄放松的神情和兴奋的态度，我就已经明白了。

天不早了，赵英雄送我回旅馆休息，但是我们两个却舍不得分开，我靠着他的肩膀在床上坐着。“要是能一直这样就好了。”我对赵英雄撒娇道。

“傻丫头！”赵英雄疼爱地搂着我的肩。

“哦，对了，有件事情还没告诉你。”赵英雄像是突然想到什么，松开我的肩膀说：“我昨天办了一件大事，差点忘记告诉你。”赵英雄的脸上带着得意的神情。

“什么大事？”我很好奇。

“昨天我去找了魏忠国，把我和你的事情告诉了他，也把我准备离婚的事情告诉了他。”赵英雄平静地像在诉说另外一个人的事情。

“你告诉了你的领导？”我的嘴巴大张着，想象不到赵英雄居然把这种事情告诉了领导。要知道，那个时候的离婚，确切的说是要为了另外一个女人离婚，这在大多数人看来该是多么大的“丑事”，躲都来不及，怎么能主动说出来。

“完了，完了，这下完了！”我绝望地自己嘟囔着，让领导知道这个事情，就等于把我们的感情判了死刑，我想。

赵英雄看着我有点惊恐的神情，笑着说：“你别着急呀，等我把话说完。”

赵英雄接着说：“昨天我去魏忠国的办公室找他，和他说我遇见了一个人，我找到了自己的爱情，错过了我这辈子可能就再也没有了。 我想离婚，想换一种生活方式重新活一回。我知道这对不起邵玉华，但是我也不想我们两个就在这样没有爱情的生活中度过一生，这对她也不公平，我会尽量补偿她的。 现在邵玉华已经知道这件事了，我想我还是应该先和领导汇报一下。”

赵英雄把和魏忠国说的话原原本本说了一遍，完全一副理直气壮的样子，末了还表演起了魏忠国当时的反应。

“当时魏忠国听我说完，眉毛都拧到一起了，就像这样，你看，”赵英雄把两根眉毛用力地往中间挤了挤，“他当时一定觉得不可思议，我都已经做好一百二十分的准备被他骂了。 结果魏忠国连一句都没骂我。 毕竟我是魏忠国一手培养起来的，在专业上他还是很欣赏我的。”赵英雄的轻松并不像是装出来的，他一贯都很真诚。

“不过，后来他还是让我好好想想。”赵英雄说，“不管怎么样，魏忠国听了之后还是有点担心，他怕我的所谓生活上的作风问题会毁了我的生活，毁了我的事业。 但是我已经决定了，我要追求自己的爱情，我要过我的生活，别人说什么都是扯淡。”

赵英雄把他做的大事向我表演了一番，就像是在唠家常一样

的平静，说话时脸上还掩饰不住一点小小的得意。

“魏忠国肯定很生气，他一手提拔你，在他眼中你就不能出现这样的家庭问题，但是你不仅出现了还理直气壮地告诉了他，你以后还怎么工作啊？”为了这个事情影响赵英雄的工作是我最不想看到的，林志成在学校里和我说的话也是这个意思，但是赵英雄却擅自做了主。如果他的工作有什么闪失，我一定会觉得对不起他。

当初鲁杰就是这样。

想当初，如果不是因为我喜欢文艺，他也不会违背他父亲的意思，硬要去上逢台艺术学院。

当初鲁杰要考逢台艺术学院的时候，他和严肃的父亲还有过一场大战。鲁杰的父亲从来对他说话的时候都是温柔的，但唯独那一次，他听说鲁杰要考逢台艺术学院的时候，高高吊起的眉毛并没有像往常一样弯下来，脖子上的青筋也暴了出来，他拽着鲁杰的耳朵从院子里拖到了屋里。

“不是已经说过要上高中考大学吗？学什么舞蹈，一个男孩子家跳舞将来能有多大的出息。”我并没有从院子外面听到鲁杰的任何一句辩解，或许都被他父亲震耳欲聋的声音遮挡了也说不定，但是我记得那场延续了好长一段时间的战争，最终是以鲁杰打包着行李到艺术学院报到而结束。

但是现在，我和鲁杰并没有像当初期待的那样永远幸福的生活在一起。每次只要想起他为我牺牲了那么多，我的心里就特别难受，觉得亏欠他的实在太多了。

我不想赵英雄为了我影响了事业的发展。

赵英雄早就看出了我的想法：“你别担心。我说的话并不是因为一时冲动，这段时间我反复考虑过这个问题。我的婚姻的确出现了问题，但婚姻问题的根源并不是因为你。我和邵玉华之间其实并没有真正的爱情，在那个特殊的年代，我们之间可能更多的是相互的依恋和感动，这样的婚姻注定是要失败的，如果让我继续留在这样的婚姻枷锁里备受煎熬，我的事业才一定会因此而被阻断了上升的空间。”

我看着赵英雄坚定的目光，我知道他是铁了心，只要他决定做的事情，他就一定不会再反悔。赵英雄的态度让我很感动，我趴在他温暖的胸膛里，把自己的心就这样托付给了他。

在长安待了两天，我回到逢台过寒假。回家前我还一直担心

着春节期间如果看到鲁杰会怎么样，但是整个假期我都没在逢台见到鲁杰的影子。

叁拾肆

我在寒假给赵英雄打过好几次电话，赵英雄都住在厂里的宿舍，他已经很久没有回家里住了。赵英雄说后来魏忠国找他和邵玉华谈过几次话，不过都弄得大家不欢而散。邵玉华始终不同意离婚，而赵英雄虽然并不硬逼着她什么时候离，但态度却很坚决，任凭魏忠国怎么劝就是拉不回来。

开学以后，我回学校开始了正常上课。没有鲁杰的陪伴，我花了更多的时间在图书馆，有的时候闲下来也和老大她们去逛逛街。

那天下午的阳光非常好，初春的太阳在身上暖暖地铺开来，

我和老大懒洋洋地走在街上，已经逛了两个多小时。

“我们到前面的那个茶馆坐一下吧，脚都酸了。”我和老大建议。

“好啊，我也正想和你说呢！”我和老大朝着茶馆走去。

茶馆不大，半下午的光景更是没什么人。

“欢迎光临。”茶馆里的服务员很热情。

“我们要一壶菊花茶。”还没坐稳，老大就叫上了，她在哪都一副大大咧咧的样子。

茶馆里没有隔间，就摆着几张桌子，我坐在藤椅上边欣赏茶馆里古色古香的陈设，边等着服务员上茶。

“那不是卓非凡吗？”我正在打量着这间茶馆，却在茶馆的角落里发现了卓非凡。

自从上次拍《酒坊》的时候在西北影城见到卓非凡后，后来还没机会再见面，没想到居然能在这里遇见。

卓非凡正在和一个女人面对面坐着，说着什么。 女人中等身材，看样子有四十岁，剪短的头发随意地贴在脑袋上。 脸侧着，五官我看不清楚，但从侧影来看，衣着很朴素，也没化妆，像是家庭主妇之类的，并不像是演员。 我想着就从座位上站了起来，想过去和卓非凡打个招呼。

“你等我一下，那边有个熟人，我去打个招呼。”我一边和老大说，一边身子已经向卓非凡走去。

“卓导演，您也在这里啊，好久不见了！ 我还以为您已经出国了！”卓非凡听到了声音，转头看到了我。

“啊，啊，是你啊，好久没见，出国的事情就快办好了，你也回学校上课了吧？”卓非凡应该认出我来了，只是他的眼神怎么有一点慌乱。

是不是我打搅了他们私密的谈话，我转脸飞快地看了一眼坐在卓非凡对面的女人，和我想象中的差不多，生活的痕迹在那张憔悴的脸上印刻着，可能并没有四十岁那么大，我想。这个女人正眼泪婆娑地低着头，看着我站在了跟前，她赶紧擦着眼泪，抬头尽力给了我一个微笑，虽然是那么勉强。

我想我不应该在这样的场合中久留，“我刚进来正好看到您

也坐在这里，就过来跟您打个招呼，卓导您先忙，以后有空我们再见。”我赶紧和卓非凡打了招呼准备回到我的座位上。

“那好那好，以后我们有时间见面再聊。”卓非凡似乎对我的反应很感激，他目送我回到座位上，这才重新坐下来。

卓非凡再次坐下来后，没聊多久，两个人便一前一后走出了茶馆。

“谁呀，看的都出神了？”望着两个人的身影，我突然对他们的谈话有点好奇，这时候老大边喝茶，边冲我叫着。

“啊，没有，一个导演。”我思绪不定地随便答了一句。

叁拾伍

这两天，赵英雄去了柏林电影节，《酒坊》被推荐为了参赛作品。 我也在校园内焦急地等待着赵英雄那边的消息。 这是赵英雄的第一部电影，他和我说过这部电影只能成功不能失败，当然我也想检验一下我的表演，我不想因为自己的表演让整个电影失色。

我每天都会仔细地浏览学校阅览室报纸上的每一条新闻，生怕获奖的消息被我错过了。

正在我焦急等待的时候，赵英雄从柏林打来了电话。

“方晴，我们得奖了，《酒坊》获了金熊奖。”赵英雄在电话里的声音都因为高兴而变了调。

“真的吗？ 真的吗？”我兴奋地不敢相信，睁大了眼睛，用手捂着嘴巴，可声音却大的惊动了正在打盹儿的阿姨，她扬着蓬松的头发，狠狠地看了我一眼。 可我还是抑制不住内心的激动，对着电话那头的赵英雄，一遍遍确定着获奖的消息，竟然连恭喜的话都忘记说了。

第二天，我一大早就到学校的阅览室。 果然，《酒坊》获得金熊奖的消息登在了娱乐版的头条位置。 赵英雄捧着奖杯在台上如释重负的笑着，眼神中充满了无限的骄傲。 中国电影凭借《酒坊》第一次拿到了国际性大奖。 也正是这部电影，使得世界开始关注并赞美中国的新电影，开始关注赵英雄，甚至是我。 这也是我从后来无数的报道中知道的。

那两天，我每天都会特别关注报纸上有关《酒坊》、有关赵英雄的报道，每一条似乎都能让我想到赵英雄那迷人的笑容。 不过，那天，就在《酒坊》获奖的消息旁边，另外一条消息也惊悚地印在我眼睛里，“揭秘《酒坊》导演赵英雄不为人知的感情”。

我急切又心慌地看着报道，每一个字似乎都砸在我心里，报道称“获奖的《酒坊》导演赵英雄在事业蒸蒸日上的同时，却遭遇到了家庭危机。因为《酒坊》女主角方晴的介入，赵英雄和发妻的婚姻已经濒临解体的边缘。而据了解，方晴在出演《酒坊》之前，不过是中央戏剧学院的一名学生，并不出名，此次被传的一段婚外情被外界称之为要凭借赵英雄上位而刻意制造出来的。”

我不敢再往下读，把报纸合上，压在了一叠报纸的最下方，匆匆跑出了阅览室，我怕大家会看到那篇文章。

我不知道为什么媒体要这么写我，他们有问过我吗？有问过赵英雄吗？赵英雄肯定不会这样和他们说的。我从来没有想过要凭借赵英雄上位，我时时刻刻都在担心他会不会因为我们两个的爱情而影响了工作，我委屈的哭出了声。

我好几天连宿舍门儿都不敢出，生怕同学们看到报道，生怕他们也指责我。可有些事情你越想要躲避，它越是横在你的面前，不让你有一点喘息的时间。

“你看，是不是说的就是她啊，怎么会和结了婚的导演在一起！”我在宿舍闷了三天，刚走到校园的路上，我最不想看到的事情还是发生了。大家一定是看到了报纸上的文章，婚外情的消息远远盖过了《酒坊》获奖的消息，而我成为第三者的称谓也早已压过了《酒坊》的女主角的身份。 我不知道自己是怎么从那些冷漠、嘲讽到可以杀人的眼神中走过去的，当我跌跌撞撞地坐回到宿舍的床上时，我开始无比的思念赵英雄，希望他这个时候能在我身边保护我。

赵英雄在柏林待了一个星期。

一个星期后的早晨，赵英雄出现在了学校。 当我接到他的电话，跑到校门口的时候，赵英雄正站在早晨的阳光中。

我一下子扑到赵英雄的怀里，哭了起来。 赵英雄被我的举动吓到了，正要抚摸我的那双大手停在了空中，放在我头发上也不是，收回原处也不是。

“方晴，怎么了？ 有什么事情慢慢说，别哭，有我在呢！”

我哭得一噎一噎的，“没有，看见你高兴！”我不想一见到赵英雄就让他心情不好，可是我的眼泪还是忍不住掉下来。

“傻丫头，你一定有事，怎么了，和我说。”赵英雄温柔地摸着我的头。

我满眼泪花的抬头望着赵英雄，一脸的委屈，“报纸上说，报纸上说我是要凭借你上位才制造出来婚外情破坏你家庭的。”

赵英雄没说话，他已经明白了是什么样的报道，他的胳膊紧紧地抱住了我，他用自己的力量告诉我他会帮我解决所有的事情。

我渐渐平静下来。

叁拾陆

然而媒体对于赵英雄和我的事情却像是百年不遇一样，各种各样的报道开始甚嚣尘上。

“昨天卓非凡打电话给我了，说是邵玉华前不久去北京找过他，跟他哭诉，让他来劝劝我。他也看到报纸上的报道了，让我好好处理这个事情。”在北京看完我之后，赵英雄马不停蹄地回到了长安，电影厂里还有很多事情等着他做，不过隔一两天他就会给我打个电话，“唉，我不知道这个事情惊动了这么多人，我知道这段时间的报道也让你很痛苦，这都是因为我，没有把事情处理好，我打电话给你就是要你放心，我会尽快解决和她的事情，不让你再伤心。”

虽然我在赵英雄回来之后，就决定不再理会那些报道，但是一天都不落的像轰炸机一样的猜测、绯闻甚至是污蔑沉重地压在我的肩上，还是让我喘不过气来。我都没时间去感受第一部电影给自己带来的成功。我想整日忙碌的赵英雄肯定也被这样的报道弄得疲惫不堪。

“嗯，我相信你！”赵英雄的话总是会让我变得很踏实，他总有办法的，我相信。

挂了赵英雄的电话，我突然想起来他说邵玉华前不久去找卓非凡倾诉的事儿，难道我那天在茶馆里见到的女人就是邵玉华？

卓非凡应该早已经从邵玉华嘴里听到了我的名字，所以当时才有那么尴尬的表情。看来我还得感谢卓非凡，他没有当场揭穿我，让大家陷入更尴尬的境地。那就是赵英雄的妻子，一个朴素的家庭主妇，一个无助的中年女人，我的心起了一点点涟漪，不知道是不是怜悯。但是我在回忆她的神态时，却能清楚地嗅出她和赵英雄的爱情已经不在了。

过了没一个星期，赵英雄就又到了北京。

“赶紧和学校请假，我们去香港拍一个片子。”赵英雄见了我劈头盖脸的来了一句。

“现在，去香港？”我对赵英雄的突然还没反应过来。

“对呀，香港方面找我拍电影，剧本已经给我了，我接下来了，主角定你。”赵英雄应该刚下车就跑到了学校，说话的时候还喘着粗气儿。

“怎么这么急呀？ 上个星期还没听你说。”赵英雄做事一向都不会这么冲动的。

“也是刚刚定的，说实话本子我还没好好看过呢，拍这个戏，我没想要获奖，但是最近这段时间太难为你了，报道说我倒无所谓，但是却连累了你，我不想让你那么伤心，在我事情还没处理好之前，我们去香港拍戏暂时避开这些媒体应该是最好的选择。”赵英雄的眼神中充满了疼爱。

在我和赵英雄的感情中，我们两个都在平等的付出，但是我没想到赵英雄会把所有的错误都归结在自己身上，这样的男人怎么能不让我动心，我心里的幸福又多了一点。

当时我已经快毕业了，同学们在剧组实习拍戏的很多，我向学校请假并没费什么力气，两天后就和赵英雄去了香港。

“你好，方晴，终于见到你了，现在大家都在谈论《酒坊》，谈论你，真是给中国电影带来了神奇的力量！”到香港的第一天，香港电影公司的工作人员接待了我们，他很激动地用蹩脚的普通话和我打着招呼，我没想到连香港都知道了《酒坊》，知道了我。

赵英雄看着我的样子，得意地笑了笑：“你还不知道吧，你现在可已经成了大明星了。”

对于这种角色的转变，显然我还没准备好，在《酒坊》获了奖之后，我就一直被婚外情、第三者的字样纠缠着。

这次赵英雄接拍的电影是个典型的香港故事片，故事讲的很完整，根本没有啥导演发挥的余地，赵英雄也乐得清闲，大部分时间都在陪我。

拍完戏的空余时间，赵英雄带着我在香港到处游玩，赵英雄的那双大手就这么牵着我，香港好吃好玩的地方几乎都留下了我们的影子。偶尔有游客还会认出我，要我签名。“原来我真得成了明星了！”我在心里偷着乐，事业上的一点成功带给我巨大的快乐，让我暂时忘记了那些令人不愉快的报道。

“真希望就只有我们两个人，安静地生活下去。”看着维多利亚港美丽的夜景，我对我们的未来充满了无限的憧憬。

“一定会的。”赵英雄的声音在空寂的夜空中被无限放大，水面上的船只适时地鸣着笛从我们面前缓缓地飘过，似乎也把我们的诺言装在了里面。

电影拍了二十天就结束了，在香港的这二十天是我最快乐的二十天，因为赵英雄在这二十天里完全属于了我。

从香港回来后，我在校园里居然见到了顾晓军。

自从和鲁杰分手后，我和马海洋还有顾晓军一直也没有联系过，他们和鲁杰的哥们情意也不允许自己再和我来往，所以当他出现在我面前的时候，我很吃惊。

“好久不见了！”我和顾晓军说。

“好久不见。 我知道你快毕业了，所以过来看看你，怕以后你不在学校了，我们见个面都困难了。”顾晓军说。

“是啊，你毕业一年了吧，现在在哪里上班啊？”我问顾晓军。

“我现在在一个研究所，和我的专业对口。我给你留个地址和联系方式吧，以后要是有什么事情需要我帮忙的，尽管联系我。”顾晓军从背包里掏出纸和笔，把他的联系方式写在了上面。

“那个，鲁杰现在怎么样？”我犹豫了半天，还是开口问了晓军。

“哦，他啊，应该不错吧，最近联系的也比较少。”顾晓军有意隐瞒着我，我想可能是鲁杰嘱咐他不要告诉我他的事情，我也没再追问下去，把顾晓军的地址装在了衣服的内兜里，以免丢了。

叁拾柒

“同学们，从今天起你们就将走出校园，踏上社会，为你们心中的理想而奋斗……”回到学校后不久，我们85级表演系的同学们就正式毕业了。

“方晴，你现在可是了不起的大明星了，以后要是有什么机会，别忘了给我也介绍一个好角色啊！”老大提着行李和我告别。

“别那么说，有什么机会我会记得你的。”我说。

我并没有和其他同学一样，为了能在一个剧组找到一个角色而煞费苦心，《穿越》的剧组正等着我入组，赵英雄和我饰演男女主角。

“方晴，来探班的媒体已经到了，说要采访你，我看你等下拍完还是得抽点时间过去。”我正在上妆准备拍今天的戏，剧组的工作人员走到化妆间和我说。

“好，没问题！”当时《酒坊》已经在全国公映了，我也开始被全国观众认识。

原本只要三毛或者五毛就能看上一部电影，却因为《酒坊》，电影票价直飙到了五元一张，沉浸在《酒坊》带来的振奋中的人们，争相到电影院观看，似乎在电影中他们找到了宣泄的出口。每个人在看完电影后都迫不及待地想要和大家分享着自己的感受，否则就像闷着一口气在胸中一样，膨胀着难受。全国的媒体也开始把关注的焦点放在我身上，我一下子成了大家眼里的明星，一举一动都好像都被大家看着。这曾经是我在读中戏的时候最盼望的时刻，只是没想到会来得这么快，我心里被众星捧月般的兴奋填的满满的。

“方晴，能再次和赵英雄搭档男女主角，有没什么特别的感觉？”拍完戏后，我在片场接受了媒体的采访。

“特别的感觉？ 呵呵，我和赵英雄已经合作了三次了，从导演到演员，如果说特别的感觉的话，只能说越来越默契了。”我知道每次媒体的提问总是绕不开赵英雄。

“很多人都说是因为赵英雄才成就了你，才能让你这么放光彩，你怎么看？”记者的话听起来就是一个陷阱。

“我很感谢赵英雄，确实是因为他执导的《酒坊》，才能让大家认识我，但是也正是因为我对于赵英雄的了解，对于他在电影艺术理念上的把握，才能用自己的表演去诠释巧儿这个角色，所以应该说我们的合作让电影展现出了光彩，我们之间的合作非常愉快，以后你们还应该会看到我们更多的合作。”对于媒体说我借赵英雄上位，我现在已经能泰然处之了，我对自己的表演很有信心，对赵英雄的眼光更有信心，我知道我会用自己更多的影片告诉大家，我是一个好演员。

“那对于报道中所说的你和赵英雄之间的感情，你怎么看，是真的吗？”记者终于问到他最想要的问题。

“我很欣赏他，赵英雄是一个才华横溢的导演，也是一个很棒的演员，他的个人魅力足以征服很多人，我想很多女人都会对他产生爱慕吧！”对于感情的事情，我没有正面回答记者。

“今天的采访就到这儿吧，方晴马上还要拍戏，谢谢大家了！”剧组的工作人员适时地打断了记者的提问，我走回片场。

“下午没你的戏了吧？”我走回来的时候，见赵英雄一个人坐在摇椅上晒太阳。赵英雄很少接受媒体的采访，虽然《酒坊》之后，他在电影界的地位可以说是一步登天，但是他从来都很低调。

“嗯，没了。记者们走了？问你啥问题了？”赵英雄能这么空闲地晒太阳的时间太少了，正赶上这部戏他只是演，他才抽空让自己放松一下。

“走了，每次问的问题都是一样的，还不是提不了几句电影的事情，就在说我们感情的事儿。”我和赵英雄抱怨着。

“哦，你能应付了就好。”赵英雄是害怕我被媒体为难，至于我怎么回答我们之间的感情他倒不在意，因为自打从香港回来之后，我和赵英雄之间就达成了默契，不管别人怎么想，我们一定要过我们自己的生活。

下午，赵英雄回住处弄自己的剧本，我则留在片场继续

拍戏。

“方晴，《染坊》的剧本我已经弄得差不多了，这两天有空你看看！”拍完这天的戏已经是夜里十一点了，我蹲在房间门口正给赵英雄洗衣服。我和赵英雄的合作一部接着一部，往往是上一部还在拍，下一部就已经在筹备了。

“嗯，这两天我就看。”我抬起手划拉了一下掉在眼前的头发看着他。

“瞧你弄的一头的泡沫儿，放着我来洗吧，你早点睡！”赵英雄伸出两只大手在我的脸上抹了半天泡沫。

“嘿嘿，你去睡吧，别管我，我一会儿就好了！”在剧组，除了拍戏，照顾赵英雄的生活就成了我最大的乐趣，能为他分担，帮他洗衣服、照顾他吃饭，我感觉很幸福。

《穿越》的戏拍完之后，我们就马不停蹄地开始了《染坊》。《染坊》的班底保留了《酒坊》当中的很多人，洪建军作为赵英雄的御用摄影当然也在。因为大家配合起来很默契，所以《染坊》的拍摄可以说是顺风顺水，大家的心情都很放松。

“你和赵导的事情怎么样了？”拍完一天的戏，洪建军在收工的路上和我闲聊。从香港回来之后，我有一段时间没见洪建军了，就像我想的一样，并不用我去解释，他慢慢地明白了我和赵英雄之间的感情，见到我也恢复了原来在《酒坊》剧组的亲切。

“你是说他离婚的事吗？反正我不会催他，让他慢慢来，不要让这件事情成为他的负担。虽然是有点对不起邵玉华，不过，有的时候感情就是这样，她应该也不希望一辈子都生活在没有感情的婚姻中吧。”我和洪建军说。

“是啊，所以我现在也挺理解你们的，都不容易，一辈子能遇到这么相爱的人其实很难，你好好加油吧！”洪建军真得很像我的大哥一样，从《酒坊》开始就很照顾我，关心我，在我遇到困难的时候会鼓励我。

“嗯，我会的！”我很感激地看着洪建军。

“等《染坊》的后期制作完成了，我们就去日本，我要把首映典礼放在那里。”《染坊》杀青了，我坐在赵英雄的房间里替他收拾行李。

“好啊！”我边叠衣服，边兴奋地回应着。这应该是我和赵

英雄第一次出国吧，能去看富士山、赏樱花，还能吃好多寿司……我已经开始幻想我们两个人在日本的场景。

叮铃铃，一阵急促的电话铃声打断了我的思绪，赵英雄放下手里的书走过来接起了电话。

“邵玉华来找我了，她听说你和方晴要去日本，怕你们两个去了就不回来了，要私奔。”电话就在我旁边，听筒里一个老人的声音很清晰，带着愤怒还有无奈。

“她怎么知道，什么时候去找的您？”赵英雄问。

“昨天。我和她保证，说你们不会偷偷留在日本，才把她劝回去。她这段时间很憔悴。我真的不知道你到底在做什么，跟你说了很多次了，怎么放着好好的家庭非要……当初我怎么没看出来你还有这个本事。这个事情你自己去解决吧！我已经通知到你了！”嘟、嘟、嘟，电话那头儿的老人没等赵英雄说话就挂断了电话，听起来很失望。

赵英雄拿着电话顿了一下，才放回去。

“是魏忠国，邵玉华又去找他了。”赵英雄的脸黑沉沉的，看着我询问的眼神说。他很久之前就从家里搬出来了，和邵玉华应该也很久没见面了。

“哦。”对于赵英雄和邵玉华之间的事情，我从来没有发表过任何一点意见，赵英雄一直很感谢我。

“看来我去完日本之后，得找她好好谈谈了！”赵英雄对我说。

我点了点头没说话。

我和赵英雄如期去了日本，但是因为忙着为电影宣传，我们几乎都没空余的时间在日本街头逛，更别说是富士山了。 不过，在日本忙碌的我们并不知道，这个时候邵玉华在国内做了一个很大的决定。

从日本回来后，还没等赵英雄去找邵玉华谈，邵玉华就先找到了赵英雄，还带着她已经签过字的离婚协议书。 赵英雄说她来找他的时候并没有多说一个字，就是把表拿来之后让自己签字。 可能是她最终没能阻止赵英雄去日本触动了她，这个拖了将近两年的名存实亡的婚姻就此画上了句号。

而我也和赵英雄也终于迎来了自己苦苦追寻来的爱情。

叁拾捌

飞机上的大部分乘客都睡着了，我手中杯子里的水早已经冰凉了，可我还一直处于清醒的状态。机舱内只有漂亮的空姐还在偶尔走动一下，看看没睡觉的乘客有什么需要。

空姐过来要帮我换杯热水，我把杯子拿给她，示意自己不需要了。空姐的脸上只着了一层淡妆，瓷娃娃一般白皙细嫩的皮肤根本用不着那些昂贵的化妆品。身材紧紧地包裹在剪裁贴身的裙子里，每一处都看着那么富有弹性。

空姐看到我在一眨不眨地盯着她，有点不好意思的冲我笑笑，连笑容都那么迷人，我想，她这个年纪正是对自己的事业和爱情充满梦想的年龄，生活中每一点亮光都能让她付出全部去追求。但是她也许还不知道，当自己全身心地为一件事情付出时，就已经将自己拉向了最危险的边缘。随着自己每一次的付出都化为一份失望时，留下的就只是一个装满了巨大悲伤的空壳。

我对空姐回了一个微笑，笑得很勉强。在她这个年龄的时候，我也在用尽全力追寻着自己的事业和爱情，为了这两样东西，付出怎么样的代价我都愿意。那时候的我还不知道，付出收获的不一定是回报，也许只是失望。

叁拾玖

那天晚上，赵英雄拿着签完字的离婚协议书，敲开了我房间的门，脸上爬满了如释重负后的解脱。

我站在门内，他站在门外，我和他的眼睛就那样悄无声息地对望着，语言在这个时候显得那么多余。我看着他的手，那双温柔的大手，然后是他挽起袖子的臂膀，那个有力的臂膀，然后到他的肩，那个能让我依靠的肩膀。赵英雄也开始仔细地看着我，似乎想记住每一个毛孔。直到这个时候，我们才完完整整地属于对方。

我们就那样对望着，眼神越来越贪婪。

赵英雄轻轻地握起了我的手，捏了捏我的手心，只这一捏，我的手心便开始冒汗，连心都酥麻了。那双手真的温柔，我像是抓着一个刚刚偷来的东西，心里跌宕起伏着，却是妙不可言。

和着窗外的月色，我和赵英雄把对方看得清清楚楚。赵英雄跨进房门，把门关上，轻轻的将我的身体揽入他的怀中，我像要融化一样，把身体的分量慢慢交给了他温暖的胸膛。他一颗一颗地解开我衬衣的纽扣，嘴巴轻附在我的耳边，粗重的呼吸像有一把火要从他身体里喷射出来一样。

赵英雄的手在我的身上抚摸着，每游走到一个地方，都能引起我的一阵痉挛。现在这个男人真的属于我了，而今后他的抚摸也是只属于我的了，这样一种兴奋让我的身体也亢奋起来，主动地迎接着他的抚摸。赵英雄加重了抚摸的力度，甚至还有些粗暴，我也迎出去好远，想要把他的身体牢牢的牵引到我身上一样。

屋里的灯被关了，月光透着窗子照亮了少半张床，燥热的空气在黑暗中无法涌动，只剩下一团团的热气包拢着我们两个人。像是洞房之夜，赵英雄轻柔地把我抱到床上，一双大手揽住了我的腰，他一件一件地褪着身上的衣服，湿热的身体贴在了我的身体上，屋里的空气更是燥热起来。他的大手放到了我的下腹深处，我的喘息声开始变的急切起来，越发刺激着赵英雄，他动作开始加快，身体上每一块肌肉都紧绷了起来。

只一刹那，我和赵英雄便完全贴合在了一起，两个人用尽全力抱着彼此，生怕下一秒对方就会消失在空气中。

……

我和赵英雄疯狂地享受着恋爱的感觉，片场、家里到处存留着我们两个人爱的气息。

肆拾

赵英雄离婚后，媒体像是为自己先前的报道找到了充分的证据，对于我拆散赵英雄幸福家庭一事签了字画了押，封存在了他们的笔下。对于这样的报道，我没时间理会，赵英雄的戏一部接一部拍，我一部接一部演，再剩下的时间，便是过着我们两个人甜蜜的日子，那些文字早在我幸福的眼神中消失殆尽了。

“方晴，再等十几分钟咱们就开拍！”我正坐在阴凉处着啃一个苹果，林志成走到我旁边和我说。我和赵英雄的事业和爱情都顺风顺水，这让那些一直担心着赵英雄的朋友们放心了不少，至少林志成现在并不像以前那么排斥了，在剧组的

时候，他对我的态度也渐渐和蔼了起来，不像那次在学校时对我那么严厉了。

“嗯，好的。”我答应着。

看着林志成，我不知怎么突然想起了魏忠国，转头问赵英雄：“一直没和魏忠国联系吗最近？”自从赵英雄离婚之后，魏忠国和赵英雄的感情就越来越淡了，他对赵英雄离婚的事情始终耿耿于怀。

“没有，老人家估计还在气头上。”赵英雄正将《老爷和他的姨太太们》的剧本搁在大腿上，埋头研究着。

“赵导，你的电话！”林志成冲赵英雄喊着。

“谁找我呀？”赵英雄从剧本里回过神来问。

“我也不知道，好像还是国际长途呢，你快点儿。”林志成催着。

赵英雄起身小跑着过去接电话。

“国际长途，是不是又有什么电影节邀请咱们去呀？”我问走过来的林志成。这几年，赵英雄的名字在国际电影节上就代表着中国电影，所以一听国际长途，我想一定和电影有关。

“我也不知道，刚刚电话里只让我叫赵导听了，也没说啥事。”林志成应和着。

大概过了五六分钟，赵英雄回来了，我正要问他是什么电影节，却见他阴沉着一张脸，面无表情地警告着大家不要在这个时候和他说话。我的话和我嘴巴里的苹果一起咽到了肚子里。

“是谁的电话呀？”我心里冒着问号，可也不敢问。

“各部门准备，开始拍戏！”赵英雄一脸严肃，哑着嗓子指挥着开始今天的拍摄，大家谁都没敢吱声，各就各位。

“赵导，你看下条我们拍哪场？”

“拍范家老爷回来，姨太太们上前迎接的这场！”一条戏拍完，大家都在等着赵英雄说话，赵英雄抬头给了大家一句命令。

“赵导，这个刚刚拍过一遍了。”林志成凑到赵英雄面前说。

“啊？ 拍过了？”赵英雄像丢了魂一样，整个人呆呆地坐在监视器后面，眼睛盯着摄像机，可脑子却是空的。“哦，按计划拍下一条。志成你在这边盯一下，我有点事情先回去了。”赵英雄丢下大家一个人走了，也不知道发生了什么事情，我的心里有种莫名的恐慌。

好不容易拍完我的戏，我急着回了家，看看赵英雄有没有回去。一推开门，房间里满是酒气，赵英雄一个人坐在黑暗处独自喝酒，没有开灯。

“怎么了，怎么不开灯啊，喝这么多酒干吗？”我拧开了房间的灯，赵英雄赶紧用手挡在了眼睛上，看来他已经在黑暗的房间里坐了很长时间。

“你回来了，早点休息吧，明天你的戏更多。”赵英雄没回答我，自己收拾起酒瓶子，倒在床上睡了，任我怎么问他都不说发生了什么事情。

第二天，赵英雄恢复了正常，一大早就生龙活虎地到了片场，好像昨天什么事情都没发生一样，我悬着的心也暂时放了下来。

一整天都好好的，不过在傍晚六点多的时候，又有国际长途打来找赵英雄。他犹豫了一下，还是去接了。

赵英雄返回来的时候我疑惑地看着他。

“没什么事情，国外的一个朋友，在电影节上认识的，问候一下。”赵英雄看着我写满问号儿的眼神儿，笑着主动和我解释道，脸上的表情虽然没有昨天那么难看，但是笑容也很勉强。

我知道这个是赵英雄找来的借口，但是只要他不想说，再怎么问也不会有结果。所以我只是点了下头没说话。

过了几天，我抽空给洪建军打了个电话。

“最近赵英雄有没和你说什么啊？”洪建军和赵英雄拍完《染坊》之后，就没再和赵英雄合作了，他年纪和赵英雄其实差不多，作为那么优秀的摄影师也想自己开始导电影。不过赵英雄和他在一块儿那么多年，不管拍不拍片，关系都很好，很多事儿都会和他说，我想问问他知不知道赵英雄最近出了什么事。

“说什么话啊？ 他经常都和我说啊！”洪建军还是一副没正经的样子。

“哎呀，我是问你有没和你说些什么奇怪的事情。”我现在可没心情和赵英雄调侃。

“没有啊，最近都很正常啊，前两天还打电话给我说他的新片。”洪建军说。

“他没说最近有什么国际电影节或者国际友人邀请他？”我想问洪建军，但是连自己也不知道究竟发生了什么事。

“没听说啊！”洪建军被我问的有点莫名其妙。

看来，赵英雄并没有告诉他什么关于国际长途的事情，我也没再往下问。

肆拾壹

在一个没有拍戏的中午，我甜甜地睡着午觉，却突然被一个电话吵醒了。

电话刺耳的铃声让我无法安静的享受着好不容易争取来的午休。为了能睡个午觉，我好不容易才央求赵英雄先拍别人的戏。我把头用被子蒙了起来，可是电话响了很久都没挂，我有点沮丧地从床上爬起来，拿起了听筒。

“喂，谁呀？”我的喉咙里散发着阵阵睡意和不耐烦。

“是我！”对方的声音很低沉，很缓慢，这两个字像是在空

中走了很久很久之后才飘到了电话这头。但是没关系，只这两个字我就听出了对方是谁。我的喉咙有点发紧，整个人打了个激灵。

“鲁杰，是你吗？”我有点不敢相信自己的耳朵。

“你还能听出我的声音来！”鲁杰的声音还是很低沉，很安静，但是却还夹杂着一丝高兴，之所以是夹杂的，那是因为在高兴的背后肯定还有别的成分，但是我当时已经没办法去分辨这些了。

和鲁杰分手后，我已经快五年没有他的消息了。

“你现在在哪里啊？你从哪里弄到我的电话号码的？”我急着问鲁杰，我没想到他还能不计前嫌，主动给我打电话。

“我想找个电话号码，总是有办法的。”鲁杰轻轻地笑了笑，“我现在在国外做生意，和马海洋。”

“你怎么一下子就跑到国外了，后来就和你失去联系了，我问过晓军，他也不告诉我。我每次回老家的时候都偷偷地往你们家看，也没见过你，我也不敢去和叔叔阿姨他们去打听。”五年没有音讯了，我想知道鲁杰这五年都是怎么过的，一下子问了那么多问题。

“哦，我出国很多年了，很少回家。别光问我啊，你怎么样现在，已经成了大明星了吧，我在国外看报道还能经常看见你呢！”鲁杰好像还是和以前一样，什么时候都先关心我。

“哪是什么大明星啊，就是最近这几年多拍了些片子！”对于鲁杰的问话，我有点不好意思，更多的是愧疚，想到我们以前曾经那么热烈地盼望着我当明星，然后一起实现我们两个人的愿望，可现在却是……

“我经常都看有关你的报道，知道你现在的电影拍得很好，我早就知道你会成为一个好演员的。以前我们还说等你当上大明星就去电影院给你做宣传的，现在也没这个机会了，呵呵。”鲁杰的笑声中还是带着一点伤感，五年前的事情，他还记得一清二楚，我一下子不知道说什么好。想着原本那么亲密的人现在却天各一方，我有些伤感。

“你现在在什么国家做生意啊？过得好吗？”我很想问问鲁杰目前的感情，但又不知道怎么开口。

“我挺好的，现在是不同的国家到处跑，也没个固定的地方。”对于我的问题，鲁杰的回答总是很简短。

“能不能给我留一个你的电话？”我试着问鲁杰。

“我每天都在不同的地方跑，也没个准儿，以后我打给你就好了。”鲁杰说。

“那好。”我想鲁杰可能并不想留下电话，让我能经常和他联系得上。

“那不打扰你了，刚才听你的声音应该是在睡午觉，你继续休息吧，以后我再打电话给你。”鲁杰说完挂了电话。

挂上电话的那一瞬间，时光仿佛又回到了和鲁杰在河边时的充满青春的日子。一转眼那已经是十几年以前的事情了，不知道鲁杰现在过得好不好。在电话中，他对于自己的生活总是闪烁其词，凭我的直觉估计，鲁杰应该还没找到自己心仪的女孩，我知道我那时候深深地刺痛了他的心。

和鲁杰的通话，我并没有告诉赵英雄。

肆拾贰

《老爷和他的姨太太们》拍摄的很顺利，赵英雄延续了《酒坊》的一些拍摄手法，在电影的光影、色彩和构图上都十分考究。 整部电影在黑色的基底上铺开让人窒息的红色，厚重和压抑就像是影片中层层叠叠的带着神秘色彩的院落一样，铺陈在人们的面前，浓烈的中国文化在一片黑色一片红色中再次强烈地冲击着人们的视觉。

当时有人说赵英雄是在塑造一种“伪民俗”，然而谁也不能否认的是，赵英雄把中国电影用红色的基调在世界电影中打造出了那独具分量的存在感。 这样的意义是赵英雄对于中国电影发展的最迫切的需要。

果然，《老爷和他的姨太太们》刚一出世，便在西方世界引起了不小的轰动。

“英雄你得到消息了没有，《老爷和他的姨太太们》获得了奥斯卡最佳外语片的提名。我刚刚正好有事和副厂长通了个电话，他和我说的。”林志成骑着自行车，敲开了我们房间的门。人还在车上，话已经从嘴里冒出了一大半。

“真的？厂里还没告诉我呢！”林志成来的时候，我和赵英雄正在家里，这样的放松也只能在我们拍完一部戏之后才能偷偷的享受一小会儿。听了林志成的话后，赵英雄有点儿吃惊，但掩饰不住脸上的喜悦。毕竟那是世界电影的最高殿堂，张艺谋凭着《老爷和他的姨太太们》迈出了那一步，他将真正成为中国电影的领军人物。

“千真万确，等下电话就应该打到你这儿了。到时候可得跟大家好好庆祝一下。”林志成的脸上乐得都皱成了一朵花儿。

“还要等‘到时候’？现在你不是已经来了嘛！”赵英雄说着就要去拉林志成。

“不了不了，我今天还有事儿，你放心，这顿饭是省不了了。”林志成笑着蹬上车走了。

“英雄，太棒了！”林志成一走，我激动地抱住了赵英雄。

我曾经和他一起站在起跑线上，从《酒坊》开始，我一直陪着他，他没有在这条道路上失败，我心里为他高兴，当然也为自己。

“我们来开瓶红酒自己先庆祝一下吧！”赵英雄笑着说。他的话音还没落，我已经迫不及待地去厨房取了红酒过来。

殷红的葡萄酒倒入透明的高脚杯中，和透明溶成一种颜色。鲜红的液体激荡着欢快的笑靥，在我和赵英雄酒杯的碰触中不停的晃荡。

“从有机会考到电影学院，再到后来摄像、演戏、导戏，英雄，你能走到今天这步实在是太不容易了。”我从心里替赵英雄高兴。

“这里面有你很多的功劳，有你才激发了我那么多的灵感，才能在影片中精准地表达着我的想法，才能在生活中带给我从来没体验过的乐趣。”赵英雄深情地看着我。

我们两个人谁都不掩饰内心的兴奋，一杯接一杯地为我们自己庆祝着，半瓶红酒一会儿工夫就已经下肚。

我看着赵英雄已不再年轻的眼神，想想这些年来我对于爱情的追求，对于事业的执著，鼻子突然酸酸的，眼睛湿润起来。

“英雄，我们结婚吧，我想要一个家，一个拥有你和我的家！”端着红色的酒杯，我伤感而又缠绵地看着赵英雄，把爱情的誓言化在了甘甜的酒中，这是我从爱上赵英雄以来，第一次希望他给我一个承诺，第一次对他提出要求。

赵英雄被我的话吓了一跳，他好像并没有做好这样的准备，他在我期盼的眼神中沉默了一下，然后说：“怎么突然想到要结婚了，我们现在不是挺好的吗？ 结婚不过是一张纸而已。”赵英雄的脸上努力地挤出一个笑容。

我手中的酒杯几乎就要滑落到桌上了。 我原本以为他肯定会兴奋的一口答应。 我想我们一直没结婚，是因为我没开口，只要我提出来，赵英雄就会毫不犹豫地答应。 可是，可是现在是什么，赵英雄几乎没有多加考虑，就拒绝了我的求婚。

我一扬头，把杯子里的酒一下子都灌进了嗓子。

“真的一样吗？ 我只要这张纸，你却连它都舍不得给我。”

我没再说话，一杯接一杯的喝着，脑子里一片空白，我突然觉得眼前这个人是那么陌生。 我不知道不想给予结果的爱情究竟还是不是真的爱情。

看着我喝酒，赵英雄没有劝我，他的脸上有一种奇怪的神情我看不懂，况且我也根本不想去弄懂。

肆拾叁

第二天我醒来的时候，已经几近中午了。脑袋在酒精的作用下一下一下地拽着神经阵阵发痛，五脏六腑也在剧烈翻滚着。尽管这样，赵英雄昨天晚上的每一个字和表情都还清楚地印在我的脑袋里，挥之不去。我想忘记，以为一夜宿醉，就会发现那不过是昨天晚上做的一个梦，但是在酒醒之后，那样的记忆却仿佛更加真实地摆在了我面前。

我明白自己深爱着赵英雄，但此刻我却对这段苦苦追寻回来的感情产生了怀疑。这样的疑虑让我的内心那么孤独和无助。

我努力整理了一下思绪，从床上爬起来，赶去片场。 赵英雄早已经到了片场了，他早晨走的时候没有叫醒我。

“你来了！”看到我过来后，赵英雄的脸上努力挤出了个笑脸，眼睛里布满血丝，昨夜可能一宿都没睡。 我有点儿心疼，努力平静着想暂时把昨天的事情忘记。

“嗯，我去化妆了！”我转身要往化妆间走。

“赵导，又是国际长途，最近怎么总有国际人士找你啊？”剧组小王老远就喊上了。

赵英雄的表情有些奇怪，一声不吭地走去接电话，我看着他的背影眼睛里充满了疑虑。

等我从化妆间出来的时候，赵英雄早已经接完了。

“谁的电话，最近怎么那么多国际长途？”我问赵英雄。

赵英雄脸色有点不大好，“没有，上次和你说那个外国朋友，托我办点事情，我这一直没去办，他就老是催。”

“什么事情啊，这么急？”我从赵英雄的眼睛里看出他在撒

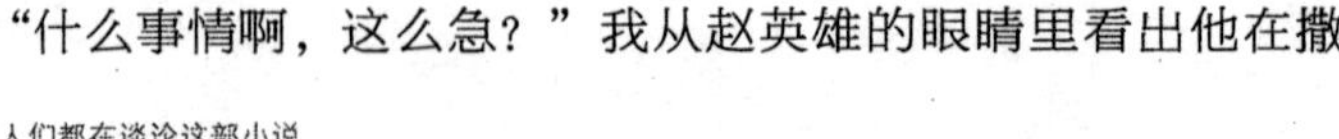

谎，他慌乱的眼神根本不敢看着我。

“没有，也是电影上的事。你快点去准备吧，该到你拍了。”赵英雄含混了一句，就赶紧催着我走。

我没再追问下去，但心里的疑团却越结越多。不知道是谁的电话，赵英雄每次接完后总是心情不好。

“我不和你一起吃饭了，我还有点事情要和志成谈。”中午休息的时候，都是我给他张罗饭。

“什么事情不能吃了饭再谈。”我心里嘀咕着，没发出声音，看着赵英雄急匆匆的背影，我觉得有点不对劲。

我放下手里正准备加热的饭，跟了出去。

赵英雄一个人去了那个离片场最近的房间，平时大家在里面休息，中午都去吃饭了，办公室没人。我在办公室的窗外偷偷向里看着，没敢再往里走。

赵英雄拿起房间里的电话，拨了个电话号码，但是我看不到拨的是什么号。

“你能不能不要再给我打那么无聊的电话了，我知道是你干的，我和你已经离婚了，不可能再在一起了，你用不着每天找人来威胁我。”

我听不到电话那头在说什么，但是从赵英雄的话来听明显是打给邵玉华的，难道邵玉华威胁他？

对方说了几句话之后，赵英雄又接着说：“你不要装傻，是谁每天打电话说只要我不离开方晴就一定不会放过我，他有办法让我从此一蹶不振，从此失去爱情，让我的生活不能再正常过，还要威胁我的人生安全，这不都是你找人说的吗？”

听着赵英雄这些话，我的心都要跳出来了，怎么会有人拿我们的感情威胁他，威胁他的人是谁？ 赵英雄居然一次都没和我提过，难怪他每次接完电话心情就很差。

赵英雄这次说完后，对方没说话，我在玻璃外都能听到听筒里传来的号啕大哭的声音。 哭声持续了半分钟，赵英雄还想说什么，对方压断了电话。

赵英雄愣在那里没有动，喃喃自语道：“我是不是错怪她了，她怎么可能能找到国外的人给我打电话，她应该不会，

应该不会。”赵英雄好像又突然懊恼起来。

我从窗子外能看到他的侧脸，眉毛和眼睛都拧在了一起，赵英雄痛苦地把手锤在了桌子上，低声吼着：“究竟是谁？ 究竟是谁？”

我还没见过赵英雄发过这么大的脾气，在窗外吓得一缩头，赶紧跑回了片场。 我回来没多久，赵英雄也回来了。

“你和林志成谈完了？”我尽量平静地问赵英雄。

“嗯，刚谈完。”赵英雄什么都没说，但是脸上的表情却让我觉得那么熟悉。 对，就是昨天晚上的表情，在他拒绝了我结婚的要求之后，脸上露出的痛苦、无奈、不舍、害怕统统都夹杂在一起的表情。

我曾经在茶馆见过邵玉华一次，虽然她和赵英雄之间已经没有了爱情，但是不可否认邵玉华仍然是一个很贤淑的中年女人，打电话恐吓的事情她应该做不出来。

可那会是谁呢？ 我的心不安起来！

肆拾肆

我再次接到鲁杰的电话，已经离上次他打电话过来有一个多月的时间了。我以为他说有空会再打给我只是一句朋友间的客套话，毕竟，对于鲁杰，我现在不敢奢求任何东西，我总是觉得亏欠他。

“最近这段时间很忙，所以都没顾上打电话给你，你过得还好吧？”鲁杰的口气里还是淌着那么多的关心。

“还好，只是我还以为你上次只是说说的，以后都不打电话给我了。”最近因为和赵英雄之间的事情，让我时常会莫名其妙地伤感起来，听到鲁杰的声音，想到他以前曾经付出了

所有的爱来疼爱我，让我更加感觉到一种无以名状的苦楚。

“你是不是有什么不开心的事情啊最近。”没想到，已经分手五年的鲁杰，光凭声音还是能听出来我心情的变化。

“我，没事。”我多想能找个人说出自己内心的不安和痛苦，但是对着鲁杰，我却不能说一句话，过去的时光永远都回不去了。

“对了，我给你寄了好多国外的吃的，你不是喜欢吃零食嘛。”鲁杰没有追问下去，岔开了话题。

“谢谢你！”

“没关系，照顾好自己。”鲁杰说完就把电话挂了。

我不知道现在的我还能不能承受得住鲁杰对我的好，只要听到他的声音，想到他对我的好，我的内心就受着巨大的煎熬。鲁杰的电话来了两次，每次都是一个劲儿地关心我，只字没有提到过我的感情，也没有说他的感情。这让我的心里更加难过。

和赵英雄的气怄了一个多星期，我渐渐地把这件事情淡忘了，毕竟我还深爱着他，我不想把所有的时间都浪费在冷战上。

没过多少日子，我和赵英雄就带着《老爷和他的姨太太们》赶赴威尼斯参加电影节了。

这是我第一次出席这么大的场合，走红地毯的当天，我穿上了在国内特意定制的极具中国特色的礼服，神秘华贵的孔雀蓝掩映着旗袍领、中式扣，华贵的面料上加入了云南的锁绣、花腰，我盘起了发髻，把额前梳的光光的，我正在镜子中欣赏自己，突然看到赵英雄已经装扮好了，从镜子里痴痴地看着我。

“好看吗？”我没有回头，问镜中的赵英雄。

“像极了一条东方美人鱼。”赵英雄夸赞道。

我吃吃地笑着，转身挽着赵英雄向红地毯走去。

红地毯的两旁都被影迷和媒体挤了个水泄不通，我刚刚踩上去，就觉得闪光灯晃得我睁不开眼。 我微笑着向影迷打招呼，而人群中居然还传出了“方晴、方晴”的呐喊声，很多外国人用蹩脚的中文叫着我的名字，记者也频频叫我对着他

们的镜头。

“你知道吗？ 现在很多人都是通过你了解到了中国，看到了中国人的美。”一位在电影节上采访的中国记者在后台和我说。

我不知道自己居然有这么大的力量。 我尽情地享受着四周散发出来的一阵一阵的热浪和镁光灯带给我的快感，整个身子好像已经飞起来悬在了半空中。

《老爷和他的姨太太们》再一次在那个让我心猿意马的夜晚冲出重围，夺得了评委会大奖。 赵英雄站在台上眼睛里含着泪花，真诚地感谢着他的团队，也特别感谢着我的付出。 赵英雄说完缓缓地走到台下，我站起身给了他一个热烈的拥抱。 现场爆发出经久不息的掌声。 为了我们的片子，似乎也为了我们。

“明天我们去到处逛逛吧。”赵英雄和我说。 这次威尼斯的行程安排的比较空闲，不像上次在日本，赵英雄特意安排了一天自己的时间。

“好啊！ 反正也没什么事情，后天我们就要回去了！”我说。

第二天，我们起了个大早，去找着威尼斯的黑色小艇贡都拉，那是他们那里的一大特色交通设施，我们得尝试一下。我们坐着小艇欣赏着城里到处可见的拜占庭式建筑，在世界上最美的广场圣马可广场上席地休息，在美的令人窒息的回廊中流连忘返，昨日获奖的喜悦还没有从我们两个人的脸上退去，到处都洒下了我和赵英雄畅快的笑声。

“这里太美了，我总觉得自己像是被施了魔法，深深地被吸到这座城市里了。”我感慨地望着赵英雄。

“是啊，威尼斯过去的光荣和梦想，居然能神奇地在每一处完整地留存下来的建筑中影印出来。”赵英雄说。

我多想把生命永远停留在这一刻，离开原来喧嚣的城市。 这样一切都是陌生的了，赵英雄也许就可以不用顾虑那么多了。

我发现即使我很努力，我的思绪还是时常被感情牵绊着。

肆拾伍

从威尼斯回来后，赵英雄开始筹备《真相》，这次他要颠覆自己以前拍电影的框架，用纪实、偷拍的半纪录片的拍摄手法还原影片女主角坎坷的经历。电影中除了我饰演女主角外，其他的大部分演员基本上都是非职业的演员。因为这样，赵英雄更加忙碌了，经常都是留我一个人待在家里，他在外面忙着筹拍电影的事情。

咚、咚、咚，我正趴在床上看剧本，突然听到了一阵急促的敲门声。我赶紧下床趿了鞋跑着去开门。

我拉开门，两个警察笔直地站在我家门口。怎么无缘无故

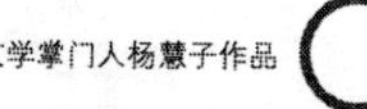

警察会来呢？ 会不会是赵英雄出什么事了，我的心紧了起来。

“请问你是方晴吗？”警察先开口问了我，看来不是走错门的，我的心更悬了。

“是，有什么事情吗？”我怯怯地问。

“哦，是这样，我们来了解一些情况，能不能进去谈？”警察说话很客气。

我把他们让进屋，沏了两杯茶。

“是这样的，你看下这个人你认识吗？”警察递给我一张照片，照片上的那张脸英俊帅气，头上戴着羊剪绒的帽子充满阳光，桀骜不驯的眼睛好像正和我对视，怎么会是鲁杰？ 我的心沉了一下。

“鲁杰，我认识，他出什么事了？”不会是出了什么车祸让我去认尸吧，我开始毛骨悚然起来。

“我们调查到你们之前是男女朋友，最近还有联系吗？”警察并没回答我的问题，但听着警察的说法，鲁杰应该还活

着，我稍微松了口气。

“我上大二的时候就分了手，后来有五年没联系了，不过前不久他倒是有打了一个电话过来。”因为不知道鲁杰出了什么事情，我并没有很仔细地和警察说鲁杰打电话的事情。

“那他有留下他的联系方式吗？ 他在电话里说什么？”警察问。

“没有，他说他在国外做生意，经常要到不同的国家去，他联系我就好了。”我说。

“好的，那以后请你在他联系你的时候及时通知我们，有他的联系方式或者具体通信地址都请马上上报。”警察把他们的联系电话和地址交到了我手里，态度很严肃。

“他到底发生了什么事情？”我有点耐不住性子了。

“哦，我们有一些事情需要找他做个了解，但具体的情况暂时还不能对你说。”警察说，“那就先这样，有什么消息我们随时保持联系。”警察说着起身出了门。

鲁杰到底发生什么事情了，怎么连警察都找到了我。警察走了之后，我的心怦怦怦地跳得厉害，再也没心情看剧本了。我在地下来回地走，怎么也想不出那么善良的鲁杰会和什么案件牵扯在一起，需要警察来调查。

“对了，去找顾晓军问问，他应该知道。”我脑子里突然冒出了顾晓军的名字，我毕业的时候顾晓军给我留的联系方式我还好好地放在抽屉里，那时候我就觉得这个地址可能是我和鲁杰唯一还能联系上的东西了。写着地址的那张纸完好的搁在抽屉的最下面，我拿起来看了一眼，揣在兜里就冲出了门儿，没忘记戴墨镜。现在走在街上老是遇见影迷要签名，我怕待会儿会被认出来。

我坐在车上一路走一路担心，心里祈求着顾晓军千万不要换工作单位。车子开了半个多小时，在化学研究所门口停了下来。

“请问顾晓军在这儿上班吗？他的办公室是哪个房间啊？”我向研究所门卫打听到。

“404。”门卫半耷拉着眼睛和我说。

“谢谢。”我说完正要走，门卫好像恍然大悟一样，猛地抬

起头：“哎，你不是那个……”门卫好像认出了我，我赶紧一个快步进了楼，直接走到了办公室的门口，果然，顾晓军在里面坐着。

“晓军。”我站在门口轻声叫着。

“谁呀？”顾晓军边从显微镜上转过头来，边问。

“哦，是方晴啊？ 快进来，快进来。”顾晓军一下子就认出了我，热情地和我打招呼。

几年不见，顾晓军还是大学时的样子，戴着眼镜，斯斯文文的，只是肚子鼓了起来，看来是发福了。

“什么风把你吹来了呀？”顾晓军洗完手，给我泡了杯茶，“我都多久没见你了，你现在还敢一个人出来啊，不怕别人围着你找你要签名啊，我可是天天在报纸上看见你。”顾晓军笑着。

其实我心里很急，但也不能一进门儿劈头盖脸地就问人家，我顺着晓军说：“唉，还不是和以前一样。 你怎么样，结婚了吧，我看你都发福了哈！”

“嗯，去年结的，我们这普通老百姓不能跟你们明星比，年纪差不多了就找个人结婚生孩子了，这一辈子就这点儿事了。”顾晓军说。

“瞧你说的，把咱们弄得跟两个阶层一样。”我笑着。

“晓军，我今天来找你是有个事儿想问你。”我实在是忍不住了，开口准备问鲁杰的事儿。

“什么事儿，你说。”顾晓军显然不了解我的来意。

“刚刚有警察找过我，向我打听鲁杰的消息，说如果鲁杰和我联系了要及时报告给他们。 鲁杰前不久还给我打了一次电话，说在国外，是不是出什么事情了，怎么会有警察找他呢？”我焦急地看着顾晓军，但是他在听完我的话后却是出奇地平静，只是端着茶杯的手顿了一下，脸上没露出丝毫诧异的神情。

等我说完，顾晓军眼皮子垂了垂说：“我也好久没和他联系了，我毕业之后，他就和马海洋去国外做生意了，应该没什么事情吧。”

“他们是做什么生意啊？”我问顾晓军。

“这个，我也不太清楚，可能服装什么的都倒腾点儿吧，他也没和我仔细说过。”顾晓军说得轻描淡写的，但眼神总是飘忽不定，这让我心里更不安起来。

“他打电话给你了？ 他有说什么吗？”顾晓军反过来问我。

“嗯，前不久打的，也没说什么，就说他在国外做生意，让我照顾好自己。”我看顾晓军好像是松了一口气，慢慢地把手里的茶杯放回到了桌子上。

“你别担心，不会有什么事情的。 警察说不定就是个例行的询问，你别往心里去。”顾晓军说。

从顾晓军那儿出来后，我反而更加确定鲁杰一定是发生了什么事情，顾晓军在掩饰，我能看得出来。 我从来没有像现在这样盼着鲁杰给我打个电话，好问问究竟怎么了，我真的很担心他。

肆拾陆

机舱里温暖舒适，像是为我的回忆提供了一个温床，它们就这样不断地闯入我因失眠而头痛欲裂的脑子里，疯狂地生长。

我再次和空姐要了杯咖啡，努力让自己从这些杂乱的记忆中走出来，回忆总是让人痛苦的，即使是甜蜜也不过是过去的，无法再体验到，那不如忘记。

我一遍一遍地提醒自己去忘记那些记忆，却没想到回忆随着我每一次的提醒又一遍一遍地烙在我的心里，我在这样的痛苦中不能自拔。

下个星期三就是 27 号了，我突然想到要去逢台的那条小河边看看，为那条记忆了我和鲁杰无数青春的小河送上一朵花儿。

肆拾柒

赵英雄《真相》进入了实质性的拍摄状态，这次我得挑战一个怀孕的朴实倔强的农村妇女。鲁杰并没有再打电话给我，忙起来以后我暂时把他的事情搁置在了脑后。

拍《真相》的时候，赵英雄在尝试通过电影展示当时社会的现状。镜头中，年画摊上毛泽东的画像和港台明星的明星画交替而过，熙熙攘攘地穿着黑色蓝色衣服的人群中不时地晃过个穿着鲜艳的年轻人，县城里的老式理发店拆了牌子挂上了“新潮发屋”，赵英雄努力地找寻着时代的印记。那是中国改革开放后，经济上的巨大发展和随之而来的人们在思想潮流上的不规则涌动。

赵英雄的每一部片子都不纯粹是为了拍故事而拍，那些隐藏在故事中的社会思潮，以及最真实的社会现状才是他想要通过影片带给大家的，这些往往更容易给人们带来触动。赵英雄在《真相》中用最真实的笔调还原了一个真实的中国农村，而我，就成为了亿万个朴实但却倔强的农村妇女的缩影。为了能展现出来这样真实的场景，我在拍《真相》的时候可没少吃苦。

“今天冻坏了吧？”赵英雄一进门就问，我正坐在床上用热水烫着脚。

“嗯，我算了算下午估计在那个雪地里跑了四五十趟，那个布棉鞋跑了两趟就已经湿透了。”我正泡在热水里的脚被冻得通红通红的。

“来，我看看。”赵英雄蹲下身子，捧着我的脚，慢慢地撩起一点热水洒在脚上，生怕水太烫了。

我抚摸着赵英雄的脑袋，这几年他老了很多，都有白头发了，我轻轻地捡起一根儿给他拔了下来。

“对了，今天在片场谁给你打电话了，好像又是一个国际长途，我看你讲了挺久的。”我刚刚在走回来的路上就一直想着要问赵英雄。

那个国际长途就像是魔咒一样跟着赵英雄，不管他把剧组安在哪里，对方总会在第一时间把电话打到剧组，赵英雄已经从最初接电话的愤怒转为现在满脸的无奈。

谁都不知道电话里的威胁和诅咒会不会变成真的，赵英雄没打算去冒这个险，我也不愿意他为了我牺牲那么多，于是我和他的爱情也就“如愿以偿”地被这个电话牵绊着，如履薄冰。我一直都不知道那个威胁的电话究竟是谁打的，赵英雄也从来都不告诉我。

“哦，没有，就是个普通电话。”我不知道赵英雄究竟还想瞒我多久，他是怕我担心，还是从来没想过要和我一起解决。

我有点忍不住了，一直这么拖下去也不是个办法，起码应该知道究竟是谁在背后做这么多事情吧。我对于赵英雄的逃避很失望，冲他喊了起来：“你还想要瞒我多久，那个威胁电话还在威胁你是不是？”

“什么威胁电话？”赵英雄得神情有点慌乱，正给我洗脚的

手也停了下来。

“我上次听到你给邵玉华打电话了。”一不做二不休，我干脆把我知道得事情都告诉了赵英雄，看他怎么解释。

赵英雄压根没想到那个电话会被我听到，他有点生气，“你怎么偷听我讲电话？”

“我只是担心你。电话里说的事情也有我一份，你为什么不让我知道。我知道你很痛苦，可是这个电话打了这么久，你不能每次都只会逃避，当初我们不是说好要冲破障碍为了自己活一次吗，现在这样算什么，一个电话就把我们争取来的爱情埋葬了吗？”我越说越激动。

赵英雄痛苦地闭上了眼镜，“我真的不知道是谁，每次打来电话的人声音都不一样，他威胁我让我离开你，每次都拿不同的东西来威胁我。我不知道他到底是谁，不知道他说的是不是真的，但是我害怕他的诅咒为变成现实，会让我们两个永远都得不到幸福，我们的一生都会毁在他的手里。”赵英雄将头抵在我的大腿上，肩头在微微的颤动。

“不会的，英雄，我们都会好好的！”我多想现实也能按我想的一样去发展，可是现在我的话听起来是那么的苍白无力。

赵英雄没再说话，起身把盆里的水倒了，一个人安静地躺在了床上，我也轻轻地躺了下来，没说话。

“啊！”最近一段时间，赵英雄总是会在半夜被噩梦惊醒，额头上冒着一层冷冰冰的汗。

“又梦到什么了，英雄？”我轻轻地抚摸着赵英雄的额头。

“我梦到邵玉华和你都拿着一把菜刀追杀我，我跑着跑着就摔倒了，脖子被压在了刀下。”赵英雄似乎还沉浸在那个令他惊恐的梦中。

“好了好了，我怎么会拿刀追杀你呢，永远都不会。 你就是工作太累了，别胡思乱想了，赶紧睡吧！”我扶着赵英雄躺下，他在我怀抱里慢慢地睡着了，但我却开始失眠了。

好像我们两个人之间的爱情在慢慢地变成他的负担，我不确定是因为那个恐吓电话，还是因为别的。 虽然他还是一如既往地对我好，但是我们之间需要避讳的东西却越来越多了。整个晚上我的脑子里都一直这样胡思乱想着，睡不着。

“还有几天戏就拍完了，我想趁着休息回长安家里一趟，看看孩子，很久都没见过她了，你先回北京吧！”早晨起来后，赵英雄边穿衣服边和我说。

“嗯。”我答应了一声，没说别的。我觉得我们的关系变得越来越微妙。一方是有证书为证的前妻，有血缘为纽带的孩子，而另一方则只是个女朋友，毫无所谓。我好像没有任何权利可以要求他一点什么。想到这里，我的心里禁不住冷笑了一下。

肆拾捌

我一个人回了家，心里空落落的。 我放下行李，走去开门外的信箱，看看拍戏的这几个月有没有从家里寄来的信。 爸妈都是教师，直到现在，还一直很喜欢用写信的方式和我联系。 我打开信箱，果然家里的信已经堆了四封了，信箱的最下面还躺着一个包裹单，我一看是鲁杰的，想必应该是上次说的国外的零食。

包裹单已经到了快半个月了，鲁杰给我寄的吃的现在已经在邮局了，我高兴地想着。 也不知道我拍戏的时候他有没给我打电话，看到包裹单，我又想起了鲁杰的事情。

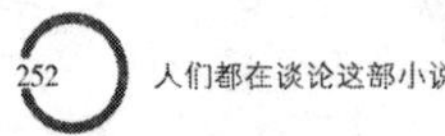

事情就是那么凑巧，我拿着信和包裹单进门不到五分钟，警察就来敲门了。

还是上次那两个人，我把他们让进房间后，趁他们不注意把刚刚放在桌子上的包裹单悄悄地叠起来塞到了裤兜里。

“鲁杰没打电话给我，我在外地拍戏，也是刚进门。”这次，我坦白和警察交待。

“呵呵，前几天我们还去看了你的电影呢，很好看！ 能这么容易见着你，我们可够幸运的，外面那么多影迷恐怕找你签个名都不容易吧。”警察开起了玩笑。

“瞧您说的。”我也笑着。

紧张的心情刚刚放松下来，警察就收起了笑容，严肃地和我说：“这次我们来能告诉你上次保密的东西了。 我们怀疑鲁杰加入了一个国际贩毒团伙，团伙里有好几名中国人。 这个贩毒团伙的总部在哥伦比亚，但是他们也经常会到中缅、中越等边境活动，贩卖毒品到国内。 我们已经掌握了一些证据，所以这次来还是想请你配合我们的工作，要是他给你留下了什么联系方式，要立即向我们报告。”

警察的话让我彻底傻了，他的话的意思还是过了好一会儿才听出来的。“你是说鲁杰在贩毒？”我想知道自己是不是理解错了。

“对，并且是在一个很大的贩毒团伙里担任个头儿。”警察很肯定我没听错。

“怎么可能，这怎么可能呢？鲁杰只是一个舞蹈演员，他怎么可能能和毒品沾上关系，他以前连烟都不抽的。”我盯着警察，不敢相信眼前的事实，我像是自己给自己重新说出了事实。

“方晴，你别激动。有的时候看清楚一个人没那么容易，说不定是个什么样的事情，就让他想不开走到这一步了。人性都很难说的。总之，有他的消息，你及时跟我们联系，那我们就不打搅了。”我没有起身送警察，整个人瘫坐在了床上。

“鲁杰怎么会去贩毒？”我不住地问自己。

“警察说了是有什么想不开才走到这一步。”我不断地捶着自己的脑袋，“是我害了他，是我害了他，他一定是因为跟我分手受不了了，才去贩毒的。他真得是要这样而让我痛不

欲生吗？”

我没有开灯，就这样在黑暗的房间里呆坐了一个晚上。我的眼睛肿得睁都睁不开，我现在明白了，给赵英雄打电话的人一定就是鲁杰，他从来没忘记过是赵英雄从他身边把我抢走了。

是我太自私了，这一切都是我造成的。如果我不要和鲁杰谈十几年的恋爱，不要和鲁杰分手，不让鲁杰知道我爱上了赵英雄，那他也一定不会去贩毒，一定不会给赵英雄打恐吓电话，他现在肯定是东方歌舞团最优秀的舞蹈演员。可是现在一切都晚了，他一定在远方看着我大笑。看着我痛苦地享受着现在的生活，看着赵英雄无法得到自己抢过来的幸福，可能只有这样，鲁杰的心里才会好受一点。

我痛苦地将头重重地磕在桌子上，那一声一声的巨大声响，像是远处鲁杰冷漠的笑声，直刺我的心房。

肆拾玖

三天后，赵英雄从长安回来了。

“看过女儿了？”我问他。

“嗯，女儿瘦了最近，好像对我也很抵触，不知道她妈给她说了什么话，连我拉她的手都不愿意了。”赵英雄的脸上有一种挫败感，这样的神情只有在他女儿面前才会有，“都怪我回长安的时间太少，陪她的时间也太少，一年都见不了几次面。”赵英雄很歉疚。自从离婚之后，赵英雄总觉得欠女儿太多了，不知道怎么样才能给孩子补偿。

“以后多抽点时间回去看看吧。”我还没从鲁杰的事情中缓过来，再加上赵英雄压抑的心情，我觉得自己有点喘不过气来。

其实，赵英雄离婚之后，我除了不想他再和邵玉华联系，他愿意什么时候看他的女儿都可以，我从来没有阻止过他，但是现在我听着赵英雄的口气，却觉得他好像把不能和女儿长期相处的责任推在了我身上。

“我出去有点事儿，你先在家休息吧。”我没等赵英雄回话，便走出了房间。在听到警察的话以后，我已经三天没有出过房门了。

今天外面的天气很好，风停了，外面也没那么冷了，我把厚厚的帽子压的很低，隔着深色的墨镜打量着来来往往的路人。太阳圆圆的饱饱的照在人们的脸上，笑脸好像随处可见，只有我一个人哭丧着个脸。

每个人生活的路都是自己选的，每个人都要为自己的选择而负责，我只是不知道我执著到今天这一步究竟是对还是错，我茫然地走在街上不知所措。

再次投入工作的时候，一个好消息化解了连续多日的阴霾。

《真相》再次被推荐参加威尼斯电影节。这是我和赵英雄第二次出征，相对于一团乱麻的生活来说，我的事业倒是从不给自己添麻烦。

第二次到威尼斯，我感觉自己成熟了不少。我知道怎么样在西方人眼中展现东方人的美丽，我照样选择了一袭华贵的中式礼服，礼服上的绣片都是设计师根据清代一位王爷家的刺绣重新设计拼合而成的，厚重的历史感凸显着含蓄的优雅、简约的奢华和低调的性感。

我看着镜子中的自己，华服把我的身体包裹的刚刚好，女人的韵味散发到了极致，美丽就像是刻在我的骨子里一样，这应该算是东方的美女吧，我想。

赵英雄欣赏着我就像是欣赏一件自己雕刻的艺术品。

好消息远不止来参加电影节这么简单，颁奖的当晚，我觉得整个威尼斯都为我沉醉了。

“威尼斯电影节的最佳影片——《真相》。”

颁奖台上的声音滑落，我和赵英雄紧紧地拥抱在一起，没有比这个奖项更能肯定我们的电影的了，赵英雄再一次向世界

证明了中国电影的力量，他这么多年为之付出的心血都刻在了那个闪闪发光的奖杯上。

我和赵英雄兴奋地久久不能平静，而奇迹不仅只有这一点。

“威尼斯电影节最佳女主角——方晴。”

当舞台上的大荧幕将画面定格在我的头像时，当颁奖人用不标准的中文念出“方晴”的名字时，我用手紧紧捂住了嘴巴，我怕我控制不住会大叫出来。我的眼泪已经在眼眶中打转了，怎么办，不能流出来。我觉得整个耳朵都听不见了，大家在为我欢呼呢，掌声不断。我觉得我站不起来了，全身都软绵绵地像要在这个美丽的城市陶醉着睡着。

我不知道我是怎么走上舞台的，那一年，我二十七岁，在那个年纪，我实现了自己的第一个梦想。我站在话筒前面激动地说不出话来。

赵英雄说，从那天起，全世界都记住了我的脸，记住了我生动却不张扬的微笑，记住了我是一个中国的电影演员。

我开心地笑着，在自己的笑容里就快要醉倒了。

伍拾

我和赵英雄就这么幸福地分享着彼此在事业上的成就，对于感情，我们似乎都在逃避。

从威尼斯回来后，我一直盼着鲁杰给我打个电话，想问下他究竟是怎么回事，但是鲁杰像是消失了一样，没了音讯。 不会是被警察找到了吧？ 虽然我知道鲁杰在贩毒，但是却希望他永远都不要被警察发现。

打给赵英雄的恐吓电话没断过，自从知道是鲁杰打来的之后，我就没再和赵英雄提过这件事。

“我得回家一趟，果果病了，她妈早上打来电话了。”赵英雄从外面风风火火地扑到家里就开始收拾东西。

“回家？那里是你的家，那这里算什么啊？”不知道为什么，最近我对于赵英雄的话都特别敏感。一听到他说要“回家”，我的心就像是刀绞一样的难受。

“你不要和我无理取闹。”收拾了几件衣服，赵英雄气冲冲地出了门。

我的眼泪流了下来，和赵英雄之间的争执越来越多，我不确定在他的心里我还占据着多大的位置。如果我也能像怀疑他一样怀疑自己的感情就好了，可是我还是死心塌地的爱着他，我该怎么办。

果果只是发烧，赵英雄赶去的时候，烧已经退了，赵英雄在医院陪了一宿就回来了。

“你的眼睛怎么那么肿，哭了？”赵英雄抖了抖雨伞上的水，看着我说。天气阴沉了两天，就像是我的心情一样，找不到一丝的阳光。赵英雄回家的时候，我还一个人坐在床上，我好像记起来自己这两天只吃过两顿饭。

我没说话。

“昨天早晨出门的时候是我不好，说话语气太差了。孩子病了我很担心，你也知道我不是那个意思。”赵英雄坐在床边给我解释。

“好，那既然不是这样的意思，我们就结婚吧，让你有一个真正的家。”我有点赌气地看着赵英雄。自从上次他拒绝了我想要结婚的要求之后，我尽量避免在他面前提到这个事情，我害怕我把他逼得太急会失去他，我不敢想象离开他的日子要怎么过，所以我宁愿让自己每天沉浸在这样的逃避中。

赵英雄开始了沉默了，其实我想他的心里早就已经有了一个答案，只是他在思考用什么样的理由来回答我。

“我觉得现在还不是合适的时候。”赵英雄终于开口了，答案也在我预料之中。这一年，赵英雄已经四十二岁了，而我也不再年轻，二十八岁的年纪，对于大多数女人来说都已经成为了母亲。

“你没办法从你和邵玉华离婚的阴影中走出来，你觉得永远都亏欠你的女儿，你害怕那个电话的诅咒会变成现实，会毁

掉你的一生，这才是所谓的不合适！ 那既然这样，当初又何必得罪了所有的人去离婚，去和我在一起。 从跟你在一起的第一天起我就是第三者，一直到今天，你知不知道？”我再也控制不了我自己，我嘶哑着喉咙喊出心里憋了好久的话，这些对他的怨恨和责怪每一句都深深地刺痛着我的心，我每想一遍伤口就深一点，每说出来一句，伤口就痛一点。

当我把它们全部倒出来的时候，我知道可能再也无法挽回了，无法挽回的是我这么多年来付出的爱情。

我冲出门外，雨还像水一样向下倒着，我在雨里跑着，放肆地让眼泪流下来。 只有下雨的时候哭最好，没有人能看出来那是眼泪还是雨水。 我想让大雨把我的记忆冲走，因为所有涌起来的记忆都足以让我心碎。

伍拾壹

我在雨里病倒了，赵英雄给我熬粥，喂我吃药，但是我的心像是死了一样，一点温度都没有。

日子就这么一天一天的过着，我和赵英雄都很小心地在对方面前避免碰触到那块儿脆弱的地方。 有时候，赵英雄看着我会出神，眼睛里好像回到了我们刚认识时无拘无束的开心的日子，但是，当我再次在他的眸子中寻找我的影子时，那却已经变成了一个满腹心事的女人。 赵英雄每天晚上都会把我搂得紧紧的才会安稳地睡去，粗壮的胳膊曾经是我最温暖最安全的港湾，但是现在却只剩下了无奈。 我们或许都知道，这样的日子似乎不会太长了。

《阴谋》就是在这个时候在江南的小镇上开始拍的，我和赵英雄的合作继续着。

“方晴，你和赵导最近是不是吵架了？”林志成过来问我。林志成这几年几乎都和赵英雄在一起拍片，对我们两个的感情也很了解，“我怎么觉得片场的气氛怪怪的。”

“是吗？”我不知道怎么和林志成解释，“可能是他太忙了，每次拍片子他整个人就都在电影里了，哪还能顾上我。”我像是在说给自己听，但是我心里头跟明镜儿似的，有一道沟壑将我们两个远远地隔开了，无法逾越。

“嗯，没事就好。你们都互相体谅着点儿，赵导和你都挺累的，你们的感情能走到今天也不容易。”林志成的话说得很真诚。从刚开始的反对到现在的安慰，林志成是看到了我们两个之间一路走过来的艰难。我点点头，可是心里满是无奈，其实我也想这样的，但是现在事情的发展似乎已经不受我控制了。

赵英雄再次在片场接到了国际长途，我觉得鲁杰好像离我们很近，在不远处看着我和赵英雄，清楚地掌握着我们的一举一动。这个国际长途从来不会打到赵英雄的手机上，总是打座机让别人叫他，这样赵英雄就别想脱离开这个电话。

听到喊赵英雄接电话的声音，我的心紧了一下。从上次给我寄了吃的以后，鲁杰再也没有和我联系过。我偷偷地跟在赵英雄身后，想听听鲁杰究竟在和他说什么。我的耳朵紧贴着墙根，但是也只能听到赵英雄的声音。

“你究竟是谁？你到底要让我做什么？”赵英雄尽量压着自己的情绪，想发作却又不敢。

……

“鲁杰？”赵英雄惊讶地张大了嘴巴。果然是他，我猜的没错。

……

“你们的感情已经过去了，况且因为你，我和方晴现在谁都过得不好，这还不够吗？你究竟要怎么样？你不要伤害我的家人，她们是无辜的。”赵英雄压低了声音。

……

“这怎么可能？ 我的家和事业都在国内，你让我去哪里？”我不知道鲁杰究竟在威胁他什么，听着或许是让他出国，但是我能听得出赵英雄口中的家并没有包括我在内。

我没再听下去，其实我很想告诉鲁杰，这个时候威胁赵英雄已经没有任何意义了，我们两个应该不会在一起了，他也可以不用冒这么大的风险打电话了。 我的心像是被掏空了，一生中最爱的两个男人用尽他们的力量让我陷入了如此绝望的境地。

“我知道是谁给我打那个恐吓电话了。”拍完戏，赵英雄和我说。

“哦！”我无力地应答着，知道又有什么用。

“你怎么都不问是谁？”赵英雄觉得我的反应有点奇怪。

“是谁啊？”我顺着他的意思问了句。

“他今天又打来了，说是鲁杰。 这小子是不是加入了什么黑帮组织，才敢这么威胁我，他可能什么都能做的出来！”我想这时候赵英雄一定如释重负了。 所有的后果都是由我前男友造成的，我们之所以结不了婚也是因为这个，所以我不能再去要求什么了，只能默默承受。

“是吗？ 如果真是他，如果我可以说服他不再打那个恐吓电话，我们还会结婚吗？”其实我知道我丝毫没有这样的能力，鲁杰一定从分手那一刻起就在脑海中积攒着仇恨。爱与恨，本来就是同根生，既然我能感觉到鲁杰还在乎我，那他对我们的恨也只会越来越深。我的假设不过是想给赵英雄和我最后一个机会。

“我真的还没考虑好，你再给我几个月的时间考虑一下吧。”我深爱着的男人，居然在我几次要求之后还要再花几个月的时间来考虑要不要给我一个家？ 我冷笑着，到了现在，这样深思熟虑的爱情还能再叫做爱情吗？ 我心里的最后一扇门随着赵英雄的话重重地关上了，一片恐怖的黑暗朝我袭来，我终于懂得什么叫做绝望。

我定定地看着赵英雄，像是把剩下几十年的光景都看完了。赵英雄不知道我怎么了，想说什么，却又不知道说什么，嘴巴微张着。

“我们分手吧！”我用尽了自己最后一丝力气，也保留了自己最后一点尊严。

赵英雄愣住了！

“我已经决定了！”在赵英雄想要开口说话的时候，我补充了一句，然后走出了房间。

这一次，我没有流一滴眼泪，悲伤的泪水早就在心门关上之前流干了。我浑身发抖，像一个孤独的鬼魂在暗夜里飘荡，没有重量，没有思想，只是想找一个收留自己的地方，却发现阳间和阴间的两个世界都不再属于自己。

我不知道我是什么时候再回到房间的。不知道是我一个人找到了家，还是赵英雄把我找了回去。

我没日没夜地在片场待着，拼命拍戏，没人知道我怎么了。

《阴谋》很快就杀青了，光是看样片就又能看到赵英雄的成功。构图，节奏，色调统统都那么集中而饱满，赵英雄再一次在影片中追求到了唯美的艺术感，然而它终究只是部电影，在我和他的人生中，唯美的或许只有最后结局时淌下的眼泪。

“感谢大家对于《阴谋》的支持，最后我还有一个事情要向各位媒体记者宣布：我和方晴正式决定分手。”在《阴谋》

的关机仪式上，赵英雄低沉地说完最后一句话，静静地退了场，连媒体都还没有反应过来。

我一个人在后台听完了赵英雄的每一句话，眼睛里闪着泪光。

这是我和赵英雄的第七次合作，这是我们相恋的第八个年头，这是我们唯一一次正式地向媒体解说我们的恋情，这是最后一次我们再以恋人相称。

这一年，我整整三十岁，已经不再年轻。

这一年，我失去了一生中最爱的人，重新走向孤独。

从那一天起，赵英雄远去澳大利亚长达半年之久，我知道是鲁杰的意思，不然他不会放过赵英雄的。 而我，也从银幕上消失了。

伍拾贰

飞机外面开始有了丝光亮，天空泛着惨淡的灰蒙蒙的颜色。我拽了拽盖在身上的毛毯，又是一个不眠的夜晚，陪伴我的只有一直在机舱内走动的空姐。

我摘下戴了一晚上的墨镜，揉了揉眼睛，看着窗外。

“方晴，是您吧，给我签个名吧。”有人在叫我，我一转头，一位空姐手里拿着个本子低声地在和我说话，“我早就认出是您了，不过您一直戴着墨镜，我就怕认错了，打扰您。”空姐很兴奋。

我笑笑，拿起空姐递过来的笔飞快地签上了自己的名字。

“您保养的真好！”空姐很高兴地接过签了名的本子。

我苦笑着没有说话。

一个四十多岁的女人，一个失去了爱情的女人，一个在青春的事业上无法再闪光的女人，看来只能靠保养才敢站在大家面前。

我现在的心情就像是机舱外的天空，灰白的没有一丝颜色。

飞机可能再飞几个小时就要降落在北京机场了，我想早晨的机场里，应该不会守着记者。这一个星期我几乎都是在国内媒体的骂声中度过的，我没想到对于我这样一个已经不再年轻的昔日明星，媒体为何会对这件事产生那么大的兴趣。

我只想安安静静地对我曾经辉煌过的舞台做个告别；只想好好开始享受生活，不再执著于任何事情；只想把曾经的一切永远地埋藏在心里，让时间慢慢冲淡。可是，没有人要去体会我的感受，他们只会给予尖刻的文字。

我能承受得了吗？ 我还需要再承受这些吗？ 我感觉压在心头像是压了块石头般的沉重。

伍拾叁

我睁开眼睛的时候，正午的太阳已经透过房间里厚厚的窗帘照了进来。我已经不知道我过了多久在中午醒来、在下午发呆的日子了。

“啊！”头还是疼，昨晚的红酒和洋酒还在脑袋里拼命较劲儿。我揉了揉太阳穴，努力让自己清醒一点，虽然我知道清醒以后等待自己的还将是同样的宿醉。在床上挣扎了十几分钟，我套上宽松的灰色棉质运动服从床上爬了起来。

从冰箱里拿出一瓶冰水，咕咚咕咚猛灌了几口，不知道从什么时候开始我喜欢喝很冰很冰的水，不再在意我的胃。可能只有这冰凉的液体流入身体时，我才会在心、胃都几乎要痉挛的状态下确定我还活着。

房间里静悄悄地没有声音，自从《阴谋》的关机仪式之后，我不看电视，不听广播，大部分的时候我都在睡觉，醒来的时候，也多半是倚在窗边享受一下好久没见的太阳，脑子里空空荡荡。

家里的小保姆住在另外一个房间，全权照顾我的生活起居，我起来的时候总是看见她一个人安静地干着活。我老是坐在沙发上看着她忙碌的身影，她是我这么长时间来唯一见过的人。我从来不出门，也没让爸妈来看我，他们还不知道我分手的事情，也不知道我现在已经不拍电影了。偶尔我会给他们打电话，叫他们不要担心。小保姆有时候被我看多了，也问："方晴姐，你啥时候才去拍戏啊，我可喜欢看你演戏了。"对于小保姆的问题，我总是笑笑就算了，没有了赵英雄，我不知道我还能演谁的戏。何况现在的状态，我又有什么心情去接戏。分手对于我来说仿佛是整个世界的坍塌。

叮铃铃，电话铃的声响把我吓了一大跳。

连电话都好久没响了，刚开始在家待着的时候，我是要把电话线拔掉才能睡个好觉的，后来就不用了，大家也没那么多

时间再关心我了。 我并不介意，早知道这个圈子就是这样，没有人会在看不到希望的人身上浪费时间，我也落个清净。

“方晴姐，找你的？”小保姆和我说。

这个时候还有谁找我，我接起电话：“喂？”我的声音连我自己都能听出疲惫来。

“方晴，你好！”不太标准的普通话，是谁？ 我在脑海中搜寻着记忆当中的名字。

“还记得我吗？”电话那边在继续，“我是许世章，你还记得吗？”

许世章？ 我想起来了，几年前在香港拍电影的时候，和他吃过几顿饭，印象中中等身材，戴个金丝边的眼镜，没记错的话应该是个烟草大王，为人倒是很随和。 那时候我还没从学校毕业，但是他对我好像都没什么架子。

“哦，记得。”对于这个时候给我打电话，我有些奇怪。

自从离开赵英雄，我把自己关在家里，拒绝着所有人的电话。 我害怕听到外界同情或者安慰的声音，那会让我更加难过。

“我这段时间都在北京，想找你出来给我当当导游，带我到处玩一下。”许世章的语气像是大家很相熟。

“可是我，”我想许世章是不是不经常在内地，所以对我息影的消息还不知道，“我现在都不拍电影了，在家休息。”

“对啊，我知道，所以才会觉得你比较有空，不然哪敢找你出来。”原来他知道，我觉得更奇怪了。

“可是……”我不知道怎么拒绝他，只是心里并不愿意走出家门。

“没什么可是了，我已经在你家楼下了，收拾收拾出来吧！我在车里等你！”许世章的语气里带着命令的语气，我拨开窗帘一看，楼下果然停着辆黑色的车。

挂上电话，我极其不情愿地穿上鞋子，运动服都没换。看看镜子里的我，蓬头垢面，虽然刚刚睡醒，可还是一脸的憔悴。我这是干嘛，我为什么要去见他？我赌气地踢掉鞋子，坐在沙发上。小保姆不知道发生了什么事情，一声也不敢吭。

我在房间里呆坐了一个多小时，扯开窗帘一看，黑色的车子还停在下面，不过，这次许世章从车里走了出来，可能是坐太久了，出来活动一下筋骨。看样子好像一副我不下去便不走的样子。

我有点不忍心，重新穿上鞋子走了出来，想下去让他离开。

虽然已经不是正午，可外面的阳光还是让我觉得有些刺眼，我赶紧戴上了太阳镜。

“你下来了，比我想象中的要快！”看到我走过来，许世章说。他和前几年我见到的样子几乎没变，我还能一下子认出来。

他居然猜到我不愿意下来，可为什么还在下面等。我觉得这个人好奇怪。

“我现在不想……”我正要和许世章说我现在并不想出去，但许世章根本没打算听我说出拒绝的话，把我拉到副驾驶的位置上坐好，自己乐呵呵地跑去开车。

“我带你去个地方。”许世章说着就已经启动了车子。

“不是说让我带你去玩吗？”我不知道许世章究竟要干什么，心里有点害怕起来。

“对呀，不过我知道一个很好玩的地方，今天先带你去，明天你再带我去玩。”许世章像是自己说给自己听，并没有和我商量，我也没同意。

我没有再搭腔，任他开着车走，现在我一丝开玩笑的心情都没有。好在，我凭直觉来看，这个人并不是坏人。

车子好像在高速路上走了一段儿，我迷迷糊糊地睡着了，昨晚的酒精并没有带来一个好的睡眠。再次醒来的时候，车子已经停在了路边，许世章并没有叫醒我。我一睁眼，眼前已经是一片海。不是被太阳照的惨白惨白的海水，而是蔚蓝的，蓝的那么纯净。

我被眼前的海水吸引了，好久没看到过这么漂亮的景色了。我突然来了精神，跳下车，脱了鞋，跨过公路，奔向沙滩。沙滩上没什么人，海浪的声音是这里唯一的声响。我深深吸了一口气，把大海略带咸味的潮湿的气息深深地融进了身体里，我觉得自己的气息开始平稳畅快起来。蔚蓝的海水就那样延伸着，好像一直接到了天边。我摆成一个大字躺在沙滩上，好久都没这么放松过了。

我好像躺了很久，回头看看，许世章并没有下来，他站在车旁边看着我。我有点纳闷他的举动，不过，我来不及去多想，只是被眼前的大海深深地吸引着。原来世界上是有这么大的东西的，它大到可以包容下我所有的悲伤。现在这个时候是我这些日子以来心情最好的时候。

太阳渐渐落山了，海边刮起了风。我穿上鞋子，返回路边。许世章还在车旁边站着等我，我在沙滩上待了多久，他就站了多久。

“怎么了，是不是有点冷了，那我们回去？”许世章问我。

“嗯。”我点点头。

回去的路上，许世章什么话都没和我说，就让我在车上睡会儿，他一会儿就能开回城里。

那天晚上，我破例没喝酒，也睡的很好，第二天太阳刚刚上来我就醒了，是睡到了自然醒。

第二天的中午，许世章又到楼下等我，他说这次要带我去爬山。

连续一个星期，许世章每天都带我出去玩，并且只看着我玩。他就那么安静地在一旁看着我，他好像对于北京游玩的地方比我还熟悉。

我越来越好奇，终于忍不住开口问他，“为什么每天都带我到外面来玩，看样子你并不是要找我给你当导游？”

“其实我就是想和你说，不管是海也好，山也好，总有一天，它们会把你的悲伤全部吞掉的。不论发生过什么事情，生活总是还要继续的。”许世章看着我说。

一个对于我这么陌生的人居然会这样用心良苦，我的眼泪顺着脸颊流了下来。许世章用纸巾为我擦了擦，轻声地说：“什么都不要想，好好地回家睡个觉。”

伍拾肆

许世章出现在我生活里以后，我的起居规律了很多，不需要再借助酒精让自己入睡了，但是我还是很排斥出门上街，很排斥去看电视里有关娱乐、电影的报道。

我和赵英雄从此失去了联系，我只知道他很长时间都待在澳大利亚。 鲁杰也再没有给我打过一个电话，想来他觉得已经没有这个必要了现在。

许世章空闲的时候会经常到家里来看我，他从没有刻意要我去做什么，只是会做很多好吃的、或者带我出城到处走走，变着花样地逗我开心，而我也在这样的生活中渐渐平静下来。

我把以前拍过的片子一遍一遍的重新翻看。小保姆很高兴，她坐在地板上陪我看，看到精彩处就激动起来，“方晴姐，方晴姐，我最喜欢看这段了！”我总是笑笑。我不知道小保姆究竟能对影片的内涵理解多少，但是不管怎么样，我曾经的表演还是会给她带去乐趣，这点让我很欣慰。

看看《酒坊》当中的自己，那么青涩，却充满快乐。离现在已经八年了，我感慨着，在明星的生命里，能有几个那么好的八年。我哀叹地看着镜子中的自己，确实老了，眼角好像都有了细细的皱纹，眼神也不再纯净。

我发现我在慢慢远离这个圈子，不知道现在娱乐版的头条是谁，不知道现在走在红地毯上的女明星是谁，不知道谁又成了电影界的新星，这些曾经都是我的领地，我只是开始变得越来越喜欢回忆从前，喜欢把过去的成绩拿来安慰自己，这点让我感觉后背有点发凉，巨大的无奈和落寞袭击着自己。

“我们出去走走吧？”我叫着小保姆。

“好啊，好啊，你都好久没出去晒晒太阳了，你看今天天气多好啊！”小保姆很兴奋，“我们去哪儿？”

“不知道，就出去走走就好。”我说。

我换了套休闲装，没化妆，只戴了太阳镜就和小保姆出门了。

我们去逛了家附近的超市，又在大街上走了很久。我的心情有点失落，我发现我现在居然可以不化妆、大大方方地在街上走了，没有一个人认出我，连偷拍的记者都没有，难道这么快大家就把我遗忘了？我不过才三十一岁，难道真得要抱着那一堆倒背如流的碟片过一辈子？这样的想法让我有点不寒而栗。

但是，不这样我又能怎么办呢？我害怕再次复出后和赵英雄的碰面或者不碰面，不管哪一样都会让我还没修复的伤口渗出血来。我一直懦弱地在选择逃避，我知道，但是没有谁有权利一定要让我那么坚强。

“这几天过得怎么样？我忙完以后就去看你。”我对许世章好像有了种依赖感，我习惯了他对我的关心。这样的没有任何负担的关心，我只需要享受就好了，并不需要劳神地想着我要如何来回报。

“嗯，挺好的，你生意忙就不要老是两个地方来回奔波。”我和许世章说。

“我没关系的，只要你心情好就行了。过两天我去看你，顺便给你带个惊喜。”我不知道这个时候我还会得到怎样的惊喜，所以对于许世章的话我并没有放在心里。

三天后，许世章如约来看我，穿着黑色的西装，很帅气，很干净。

“方晴，换件衣服，我带你去一个地方。”许世章说。

“要去哪里？”他的行为总是让人意想不到，不过却都不会让人讨厌。

“你跟我来就是了。”他每次都是这样，为我决定好了一切事情，从来不让我担心。

许世章带我去的地方是我们第一次去的海边，落日的余晖照在海面上，点点金光随波漂动，像是海上闪闪发亮的星星。许世章拉着我下了车，打开后备箱，一片金色的郁金香扑面而来。

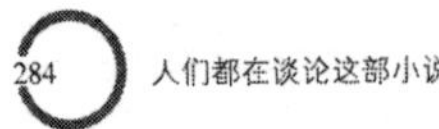

“天啊！”我数不清究竟有多少，满后备箱都是，没有一处空余的。

“嫁给我吧，方晴，我会给你一个家，一个永远温暖的家！”许世章单膝跪地，就在公路上。来来往往的车辆向我们投来羡慕的目光。

我的大脑还在缺氧状态，许世章是在向我求婚，我隐约听到。

“从见到你的第一面起，我就爱上了你，但是那个时候你已心有所属。我等了很久，感谢上帝给了我这个机会。方晴，我一定要让你幸福，不会再让你流一滴眼泪。”许世章跪在地上没有起身。

我的眼泪已经流了下来，我曾经想象过无数次赵英雄能以大海为证，向自己求婚。许诺给我一个温暖的家，但是他终究没做到。现在，这个并不是我最爱的男人却勇敢地给了我一个如此沉重的承诺。

我不知道要如何作答，我没有一点心理准备，但是内心却被许世章感动的一塌糊涂。

“我知道这个消息对你来说太突然了，但是请不要这么快拒绝我，请认真地考虑以后再回答我好吗？”许世章真诚的孩子一般的眼神让我无法拒绝。

我轻轻地点了点头。

我想，在这个世界上，是不是只剩下他这么爱我、疼我了，即使我已不再年轻、不再是那个红得发紫的明星、不再有一颗完整的心，他依然还这么爱我。

三天后，当我把答应嫁给许世章的消息告诉他时，许世章激动地把我拥入怀中，连胳膊都在颤抖，“方晴，我不知道你能这么快答应。我知道自己可能并不是你理想中的丈夫，但是我会努力，努力给你一个完整的家，让你不再受伤。”

我靠着许世章的肩膀流下了眼泪，是委屈也是幸福的眼泪。

“不是说不能哭了吗，傻丫头，一切都会好起来的，相信我。”我趴在他肩头重重地点了点头。

1996 年，我在沉寂一年后召开了复出新闻发布会，向大家正式宣布和许世章的婚姻。我不知道赵英雄有没有看到我的新闻发布会，但我知道那个时候的他已经回国了。

在第二天的报道中，大家如获至宝地解析着我和赵英雄的分手，“因为我嫁入豪门而导致才子佳人各奔东西”成了媒体统一的口径。 我没有再去解释什么，到现在，感情对于我来说似乎太奢侈了，我只想要一个孤独时可以避风的港湾。

我复出后没再和赵英雄合作，可能我们两个人都知道这样只会让对方更加痛心。

伍拾伍

复出后的我似乎再也没有了过去的那份激情，平静地享受着现在的这份安宁。我不太想接电影，只是偶尔参加一些时尚活动，拍个广告，享受着偶尔在镁光灯下的生活。也许这才是真正的生活，我安慰自己。

“方晴！”我现在空闲的时间很多，除了出国旅行，我也喜欢在午后的阳光下坐在咖啡厅消磨时间。正在我喝咖啡的时候，我远远看见了卓非凡朝我走了过来。

“非凡！”和卓非凡已经好久没见了，没想到能这么巧在这里遇上。

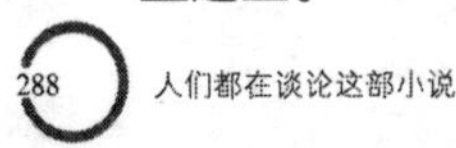

“方晴，你是越来越漂亮了。”卓非凡拉开了我旁边的一把椅子坐了下来。

“哪有，老了很多了，不及现在年轻一代的演员了。”我寒暄着。

“怎么样，最近还好吧？”卓非凡问我，我知道他在指什么。

“嗯，还不错。”我也不知道现在自己的状态究竟是好还是不好。

“赵英雄最近也开始筹拍新片了，大家的生活又都步入了正轨。”

我知道卓非凡是想开解我，几年前在香港拍戏的时候，对于我和赵英雄之间的感情，他也和我说过不少。作为赵英雄的同学、邵玉华和我的朋友，卓非凡心里很希望我们都过得很好，但是生活似乎总是曲折的。

“对呀！”我有点感慨。

“你呢？ 我这还有个本子要等着你来演呢，为了等你复出我可是花了好多时间呀！”

“我很久都没演戏了，怕给你演砸了！”我和卓非凡说。

其实我一直不太想拍电影，不和赵英雄合作之后，我有点抵触和其他导演的合作。 如果是别的导演来找我，我可能直接拒绝了，但是老朋友卓非凡不一样。

三年前，我和赵英雄的关系已经出现了问题，那时候正好卓非凡找到我，想让我和一位香港演员去拍他的戏。 他说那是他呕心沥血的一部作品，也觉得只有我最合适里面的那个角色。 当时我有点和赵英雄赌气，当然也为了捧卓非凡的场，就欣然前往了。

在拍摄现场，我很惊讶地看到的了一个同样优秀的导演。 片子拍出来后，我很震撼，虽然我没演什么主要的角色，但是我还是很感谢卓非凡给我的那次机会，所以现在说什么也不好拒绝。

“就是因为很久没来演了，所以才要出山嘛！”看来卓非凡早有准备，根本没接我的话。

在我的再三推脱之下，卓非凡还是很执著，我只好把戏接下了。我想，在这个时候跟别的导演合作，也许会让我更快地走出阴影。

卓非凡很高兴我能接下这部戏，整个下午我们都在回忆着过去的时光，毕竟能这样知道彼此过去的朋友并不多。

大概半个月后，卓非凡的戏就开拍了，但是这次并不像上次在香港拍戏，我和卓非凡的合作并没有那么顺利。

拍戏过程中，我总是不自觉地保留着和赵英雄拍戏时留下来的演戏风格，这让卓非凡时常会有些头疼，毕竟两人的风格不一样。我只好尽量跟卓非凡沟通，让大家能更快地适应对方，为此剧组浪费了不少时间。在几个月的拍摄中，我演戏的状态似乎并没有被调动起来，我在努力寻找着以前的影子，却发现怎么也行不通。

电影公映后并没有引起多大的反响，我对卓非凡感到很内疚，总觉得是因为自己的原因影响了整部戏。后来，我曾经找到卓非凡当众和他道歉，但是他倒反过来一直安慰我，让我放轻松一点，这让我更加难过。在这之后很长一段时间，我再也没接过电影，演戏的细胞像是被封存在了赵英雄的那个年代，连我自己都唤不醒。

伍拾陆

我不知道，离开我的赵英雄，是不是也和我面临同样的问题。我不敢去想，如果不是，我知道自己又会悲伤。不过，从澳大利亚回来的赵英雄也只拍了两部片子，用的还是一帮大老爷们和非职业演员，并没有启用真正的女主角，这让我的心里多少有点安慰。

但是，对于视电影为生命的赵英雄来说，事业还是要继续吧，我想。他在筹备《寻找亲情》的时候，开始了女主角的全国海选。

“下面，让我们有请电影《寻找亲情》的神秘女主角登

场。”电视机里正播放着赵英雄新作《寻找亲情》的开机仪式。这次，所有的媒体都在关注究竟谁能再次在赵英雄的影片中风生水起。

我在电视机前静静地看着，赵英雄穿着一件红色的夹克坐在主席台上，很精神。

“让我们欢迎秦冰妮，新一代‘赵女郎’”。主持人话音未落，秦冰妮便穿着一件简单的T恤和牛仔裤走了出来，台下的媒体一片哗然，谁都看出来了，秦冰妮像极了年轻时候的我。

我定定地看着赵英雄用温暖的拥抱欢迎着他的女主角，眼前浮现出赵英雄第一次到中戏挑演员遇见我的场景，一晃都十几年过去了。我心里不知道应该是安慰还是酸楚。赵英雄终究还是找到了替代我的人，只是这个人和我长得太相像了。

我关掉了电视机，起身到厨房冲了一杯咖啡，不知道这个夜是否又将是一个不眠的夜晚。许世章在新加坡打理着他的企业，回来的时间甚少，我习惯了一个人的生活。

“方晴，对于新一代‘赵女郎’你怎么看？大家都说很像你刚出道的时候，你怎么看？”接下来几天的活动中，媒体见着我就问这个问题。

我一遍遍满带微笑地和大家解释：“可能因为我演赵英雄的戏太长时间了，你们才有这种感觉。但是一个演员不可能一生都只和一个导演合作，导演也是一样。赵英雄是一位非常出色的导演，这次选出来的演员我相信应该是在演技和形象上都和角色相符的人，并不是长得像我才去演。”每解释一遍，这样的理由就被我加深一次，我宁愿相信我说的是真的，这样我也不会一直沉浸在这个痛苦中了。

只是，当我每一次在报纸或者电视上看到赵英雄和秦冰妮的亲密的照片、看到报纸上写着的他们之间的绯闻时，我的心却还是会不由自主的痛，我不知道那是不是真的，虽然我知道在这个时候真假都已经与我无关了。我努力控制着自己的情绪。

《寻找亲情》在如火如荼地拍摄的时候，我在家里享受着悠闲的假期。

“帮我冲一杯咖啡吧！”我一边随手翻着一张报纸，一边把杯子要递给小保姆。

突然一个大大的标题让我全身紧张起来，“我市破获一起跨国贩卖毒品案,三毒枭被捕”，我赶紧在文章中找着鲁杰的名字，心里祈祷着千万不要是他。 但是鲁杰三个字还是显赫地印在了三个“毒头”名字之首，马海洋是第二个。

举在空中的杯子从我手中滑落在了地上，刺耳的声音撞击着我的脑袋，提醒着我这并不是梦境。 我瘫坐在地板上，一时不知道如何是好。

小保姆看着我惊恐的眼神，不知道发生了什么事情。

我呆呆地在地上坐了很久，大脑一片空白。 突然我想到了顾晓军，从桌子上抓起包包冲出了门。 我要去找顾晓军，我要去救鲁杰。

坐在出租车里，我一路上额头冒着冷汗，鲁杰背着我淌小河，在班级门口等我放学，骑着自行车带着我去草地的画面一幅接着一幅出现在我的眼前，我的眼泪噼里啪啦地滴在腿上，我低头趴在膝盖上委屈地大哭起来。

“为什么，上天为什么要这么对鲁杰，他那么善良！”我想恳求上天放过鲁杰，可一切都好像晚了。

我红肿着眼睛找到顾晓军："你知道了，你是不是早就知道了！"

我冲顾晓军喊着，他也不拦我，任凭我的手死死地抓着他的胳膊，摇晃着他的身体。

"我们都不想的！"在我哭泣的间歇我听到了顾晓军的声音。

"是我害了他，如果不是因为我当初对他的背叛，他也不会去国外贩毒。"我放开顾晓军蹲在了地上，我连站的力气都没有了。

"别这么说，方晴，不能怪你，可能这就是命吧。"顾晓军幽幽地说着。

"还有什么办法吗？ 晓军，还有什么办法能救他？"我抬头望着顾晓军，"一定还有办法的。"

"不行了，一切都来不及了！"顾晓军蹲下来，把我的头靠在他的肩膀上，任我大声哭泣。

从顾晓军那里走回来的时候，我充满了对自己的怨恨。 鲁杰

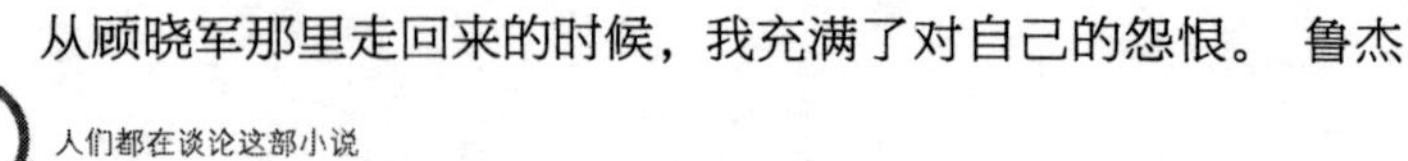

今年只有三十五岁，但是他的生命可能就要画上句号了。那些我曾经感受过的温暖因为我，将再也没机会感受了；那些我们曾经付出的爱，也将随着他永远地埋葬在地下了。

我想将心也一起随他埋下，带着我的悔恨和愧疚。

伍拾柒

因为鲁杰的事情，我变得越发沉默。 娱乐世界中，每天都会有一批年轻靓丽的新人站在舞台上，而我却觉得那些华丽离我越来越远了。

我没有将鲁杰的事情告诉赵英雄，一切事情仿佛就这样终于都有了一个了结。 我只是远远地看着赵英雄，也许正像他远远地看着我一样。

在秦冰妮之后，赵英雄在 2000 年迅速物色到了李嫣，成为影片《美丽时空》中的新一代“赵女郎”。 永远都是典型的东方人的脸，永远都能在她们的脸上找到与我神似的地方。 我

甚至开始怀疑赵英雄是不是从来都没有离开过我。只是，这些年我从没和赵英雄联系过，我躲在自己的角落里过着自己的生活。

2002 年，许世章遭遇到了一场严峻的经济危机，他的企业破产了。刚开始家里的生活还可以用我的积蓄来负担，但是坐吃山空的压力让我不得不开始考虑再次复出。

我不愿意去轻易接拍电影，每拍一部对我而言都是心灵上的一次煎熬。

然而，遇到导演刘阳，让我又重新燃起了对电影的兴趣。很奇怪地我从刘阳身上找到了赵英雄当年的感觉，所以当他和我谈片子的时候，我几乎没有犹豫就答应跟他合作了。

在《母爱》的片场，我似乎看到了赵英雄当年的影子。同样是一副朴实的北方汉子的形象，同样从摄影转为导演，对电影的视觉和色彩有着自己独到的见解，所不同的只是缺少我和赵英雄之间的那份默契。我品尝着这些熟悉的味道带给我的愉悦，这就够了。也许世界上只有赵英雄能拍出我的心，但是我早已经不再强求了。

而此时的赵英雄，似乎也渐渐走出了我和他的世界。他改变

了和我合作时的一贯朴实的农村风格，投身到商业大片的浪潮中。

我一个人去电影院看了他的新片《四面楚歌》。

虽然电影的风格变了，可在我眼中，镜头中的他，仍旧是那个我所熟悉的他。

在垂直挺拔的竹林中，每棵竹子上垂直倒悬的捕快们纷纷滑下。天与地、人与物，整个画面凝合成一片壮观的绿色海洋。赵英雄在电影里摒弃了他深爱的红色，用了翠绿的绿色。那片绿看得让人心动，让人神往。

外界仍旧执著于对他去年第一部商业片《侠客》的批评，但是我却在他的电影里看到了他对于中国电影未来发展的憧憬。赵英雄注定就是中国电影风尚潮流的领军人物，我想，他在渴望拍摄出足以震撼世界的中国电影，渴望拍出能向好莱坞叫板的大片。这显然不是过去的农村题材能够达到的，即使外界一片骂声，他仍然在尝试，在努力。

一大片一大片翠绿的颜色就足以展现赵英雄对于中国电影的希望，即使是在重重压力之下他仍然会从容地坚持着自己的梦想，他还是我原来认识的赵英雄。

我诧异于几乎十年没有联络，我依然能迅速准确地把握到赵英雄的想法，就像我们第一次在拍《酒坊》的时候，他对于我能精准地理解到他的思想而惊讶。

在电影散场前，我偷偷地走了出来。 脸上出现了这几年都很少有的笑容。

这几年下来，对于和赵英雄之间的感情，我已经能渐渐平静地看待了，而对于他在电影上的成绩，我感到很欣慰。

伍拾捌

2005年底，窗外的雪花漫天飞舞，这一年我四十岁了，我倚着窗子看着飘落的雪花，看着洁白的雪花落在地上后渐渐融化，仿佛那些化掉的不只是雪花，而是我们的青春。

叮铃铃，房间的电话声响起，我从窗子边收回了贪婪的眼神，我多想把那些飞舞的青春都铭记在心。

“喂？ 您好！”我拿起了电话。

“方晴，是我！”电话那头的声音几乎让我忘记了呼吸，整整十年都没联系过的赵英雄出现在了电话那头。

“好久不见了！”我的声音听起来有些缥缈。

“你还好吗？”赵英雄问我。

“我还好！”我不知道赵英雄在和我分手之后是不是也像我一样痛苦，他的一句话让我花了几年去平复的心又起了波澜。

“你还记得吗，我们曾经在长城上许过愿，我说要让你演一次女皇，演一次我心目中的女皇。可是，这个诺言却隔了这么久都没变成现实。”赵英雄说。

“我记得。”那是赵英雄对我做出的许诺，我怎么能忘记。

“现在，这个愿望能实现了，你会来吗？”

只是这一句话，我像是找到了这十年来感情的出口，泪水汹涌而下。

“我去！”我哽咽着说出了这两个字。十年的委屈，十年的情感，十年原本青春的岁月，都随着我的泪水慢慢从我的身体里淌了出来。

在《宫心计》的剧组，我找到了久违的感觉，我想即使就让我在老去之前好好地拍这一部戏，那也足够了。

赵英雄终于让我出演的皇后，那个他心目中的皇后，她带着嘲讽和宿命感，它们像伤痕一样清晰，像罂粟一样艳丽。我再一次透过镜头，对望着那双曾经熟悉的眼睛，凝视着他略带悲伤的眸子。我用尽我的力量诠释着“皇后”，当她一次次把自己放在了幻想的边缘上，却被现实一次次无情的击碎时，我觉得自己的感情也随着“皇后”一起释放了出来。

“我没想到这十年来你没怎么拍戏，力量爆发的力度和速度却丝毫没有减退，反而更强烈了。”赵英雄对我充满了欣赏的目光，就像从前在剧组夸奖我一样。

我知道，我的表达，总是赵英雄需要的。

在剧组，我和赵英雄仿佛是回到了从前，我们像从前一样嘻嘻哈哈；像从前一样抢着一个苹果吃；像从前一样席地聊天，讲着从前的故事；像从前一样拍完戏之后静静地陪我看星星；像从前一样，讲着大家不见面的时候各自在干着什么。这些年来，赵英雄居然关注着我的一举一动，我满足地笑了。

大家几乎以为我们是要复合，有时候恍惚之间我也觉得像是回到了从前。

2006 年 3 月，《宫心计》举行了盛大的首映礼，我站在赵英雄旁边神采奕奕。 这是我和赵英雄阔别十一年后的第一次牵手。 全国各地上百家媒体到场，对于我们的再次合作、对于我们扑朔迷离的感情充满了期待。

“赵导，这是你们在阔别十一年后的第一次合作，你的感觉怎么样？”记者问。

“我很感谢方晴的加盟，也很惊讶于她现在的爆发力，她目前应该说处于演技的巅峰状态。”我默默地看着赵英雄。

“方晴，近几年你都很少接拍电影，也很少拿到国际奖项，是不是和没再拍赵导的电影有关？”记者的问题总是这么尖锐。

“每一个导演都有自己的优点，和我合作过的导演每一个都很棒。 只是最近几年我常常想停下来享受一下自己的生活，不想再拍那么多电影了，拍得少当然拿奖的机会也比较少。”我笑着向媒体解释着。

“那你们今后还会有什么合作吗？”记者问。

“一直想让方晴去演女皇，这次终于实现这个愿望了。以后的合作可能真得要看缘分了。”赵英雄看我的眼神中有着成全了我的心愿的满足。

“那你们各自的感情呢？”对于我们之间的感情，媒体似乎期待的更多。

“大家都很享受目前的状态，没必要去强求什么。”赵英雄和我对望着，无奈的眼神中却多了一份对彼此的理解。

媒体中发出了嘘唏的感叹声，对于这样的回答，他们大抵是失望的，然而生活又怎么会有那么多看似王子公主般的幸福呢！

在《宫心计》之后，我再也没有和赵英雄合作过。

媒体的感叹总是在当事人的一阵安静之后就消失的无影无踪了。我们的故事好像也就此画上了句号。再一次的重逢向大家更好地证明了我们真正的离别，我们开始独自过着自己的生活，在这个年纪，就连媒体也知道再有故事发生的概率

有多高，他们放弃了跟拍，放弃了专访，我重新回归到了平静，让在那一刻燃烧起的无限光芒慢慢暗淡下来。

伍拾玖

我独自一个人漫步在新加坡圣淘沙公园里的小路上，这里没有谁认识我。

眼前的这条路是一条空芜的小路，铺满了石子，广漠而幽长，暗淡的光辉斜斜地铺在石子儿上，阴影下的树和草无力地站着，太阳即将落山，整个大地似乎都到了尽头。一切仿佛都在下降着，消融着。

这是我正式成为新加坡公民的第二天，眼前的景象仿佛人生结局般悲壮地呈现在我面前。

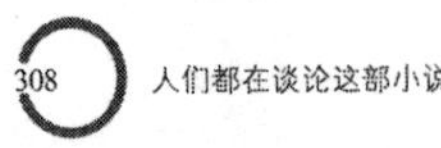

“世章，我决定移民新加坡。”在我复出后不久，我也鼓励许世章重新开始了自己的事业，虽然现在不能像以前做得那么大，但是许世章却多了时间来陪我，事业倒也在马不停蹄地发展。

“怎么突然想要移民了，你的事业都在国内啊，如果你嫌我陪你的时间少，我以后可以多把事业往国内放。”许世章说。

“其实我只是不想再过这样的生活了。”我说。

“这样的生活？”许世章有点不明白我的意思，对于我真正的内心，许世章好像从来都没走进过。不过，这并不重要。

“我已经决定了，我想对我的过去做一个告别。”我给了我自己一个回答。

许世章没再说话，对于我的决定他从来不会反对。

这一年我四十三岁，镜子中的自己散乱着头发、还有一张憔悴的脸。

浮华过后总会迎来最后的残酷，就像是高悬在空中的那扇窗

子，经历了白昼绚烂的点缀后，总要遭遇黑夜无边的逡巡。

在这之前，我总是用尽全力急速前进，希望缩短暗夜的时间，早一秒再次迎来白昼，不管身上是否因为急行而满身尘土，是否因为荆棘而满身伤痕。

然而，这一刻，爱与恨的妖娆，名与利的较量，于我而言，似乎都变成了空中的一片尘土，越飞越高，越飘越远。留在我身体里的，只有前面的急行带给我的巨大的疲惫。

我望望镜子，缕了缕快到腰际的长发，依然柔顺，大波浪的卷发还是让我女人味儿十足。我捧了一把冷水扑在脸上，冰凉的刺激让我的皮肤紧绷了一些，看起来精神了一些。我对着镜子中的影子努力为自己挤出一个微笑，虽然并不好看，却给了我一点力量。

2008 年 8 月，我在新加坡宣誓，跟随丈夫加入了新加坡国籍。

我的心在那一刻彻底放松了下来，我想我终于可以有理由和过去告别了，告别那段将我的心都掏空的爱情，告别还散发着我的光彩的舞台，告别我内心的愧疚和彷徨。

我没有去计较国内媒体如潮一般批评的文字，就让我在这个时候，在我还能散发光彩的时候，给自己一个自由呼吸的空间吧。

“方晴，”许世章在身后叫我，“就知道你到公园来了，晚上天凉，多穿点儿。”许世章给我披了一件衣服。

许世章站在落日的余晖中，浑身浸透在柔和的橙色中。眼前的景象才像是人生的结局，即使没有爱情的炽烈，却能始终温暖着我的眼睛，这就足够了。

陆拾

“乘客们，我们乘坐的 SQ 800 航班再有二十分钟就要抵达北京国际机场了，现在飞机已经开始下降，请大家再次确认系好安全带。”空姐的声音在我耳边响起，机舱里的乘客也大都揉着惺忪的睡眼，结束了一晚的旅程。

我的心现在出奇的平静，我摘掉了墨镜，看着飞机缓缓下降。 没有了上升时的恐惧，我忽然能够放松地享受着这缓缓下降的过程了。

我想我能平静地从机场大厅走出去。 现在我只想回家看看我年迈的父母，像小时候急切地想见到妈妈一样。

当初升的太阳已在天空滑为落日\我看见\你就走在落日的大道上\向着天际的方向\无人陪伴\你转过身来\一路上洒下你已经干涸的光芒\你没有后退\沿着滴下来的美丽\踩踏着神奇\你坚毅的脸\美丽如落日\映红了天边的荒草……